民国世界文学经典译著·文献版（第八辑：德国俄国及挪威等国戏剧）

◆四幕剧◆

社会栋梁

Pillars of society

［挪威］易卜生（Henrikibsen）著
孙煦 译

上海三联书店

图书在版编目(CIP)数据

社会栋梁 /［挪威］易卜生著；孙熙译．
—上海：上海三联书店，2018.4
ISBN 978-7-5426-6046-6

Ⅰ．①社…　Ⅱ．①易…②孙…　Ⅲ．①话剧剧本—作品集—挪威—近代
Ⅳ．①I533.34

中国版本图书馆 CIP 数据核字（2017）第 194056 号

社会栋梁

著　　者 /［挪威］易卜生（Henrikibsen）
译　　者 / 孙　熙

责任编辑 / 陈启甸
封面设计 / 清　风
责任校对 / 江　岩
策　　划 / 嘎　拉
执　　行 / 取映文化
监　　制 / 姚　军

出版发行 / 上海三联书店
（201199）中国上海市闵行区都市路 4855 号 2 座 10 楼
电　　话 / 021-22895557
印　　刷 / 常熟市人民印刷有限公司

版　　次 / 2018 年 4 月第 1 版
印　　次 / 2018 年 4 月第 1 次印刷
开　　本 / 650×900　1/16
字　　数 / 210 千字
印　　张 / 13.25
书　　号 / ISBN 978-7-5426-6046-6 / I.1307
定　　价 / 74.00 元

民国世界文学经典译著 · 文献版

出版人的话

中国现代书面语言的表述方法和体裁样式的形成，是与20世纪上半叶兴起的大量翻译外国作品的影响分不开的。那个时期对于外国作品的翻译，逐渐朝着更为白话的方面发展，使语言的通俗性、叙述的完整性、描写的生动性、刻画的可感性以及句子的逻辑性……都逐渐摆脱了文言文不可避免的局限，影响着文学或其他著述朝着翻译的语言样式发展。这种日趋成熟的翻译语言，推动了白话文运动的兴起，同时也助推了中国现代文学创作的生成。

中国几千年来的文学一直是以文言文为主体的。传统的文言文用词简练、韵律有致，清末民初还盛行桐城派的义法，讲究“神、理、气、味、格、律、声、色”。但这也在一定程度上限制了情感、叙事和论述的表达，特别是面对西式的多有铺陈性的语境。在西方著作大量涌入的民国初期，文言文开始显得力不从心。取而代之的是在新文化运动中兴起的用白话文的句式、文法、词汇等构建的翻译作品。这样的翻译推动了“白话文革命”。白话文的语句应用，正是通过直接借用西方的语言表述方式的翻译和著述，逐渐演进为现代汉语的语法和形式逻辑。

著译不分家，著译合一。这是当时的独特现象。这套丛书所选的译著，其译者大多是翻译与创作合一的文章大家，是中国现代书面语言表述和中国现代文学创作的实践者。如林纾、耿济之、伍光建、戴望舒、曾朴、芳信、李劼人、李葆贞、郑振铎、洪灵菲、洪深、李兰、钟宪民、鲁迅、刘半农、朱生豪、王维克、傅雷等。还有一些重要的翻译与创作合一的大家，因丛书选入的译著不涉及未提。

梳理并出版这样一套丛书，是在还原中国现代文学史上的重要文献。迄今为止，国人对于世界文学经典的认同，大体没有超出那时的翻译范围。

当今的翻译可以更加成熟地运用现代汉语的句式、语法及逻辑接轨于外文，有能力超越那时的水准。但也有不及那时译者对中国传统语言精当运用的情形，使译述的语句相对冗长。当今的翻译大多是在著译明确分工的情形下进行，译者就更需要从著译合一的大家那里汲取借鉴。遗憾的是当初的译本已难寻觅，后来重编的版本也难免在经历社会变迁中或多或少失去原本意蕴。特别是那些把原译作为参照力求摆脱原译文字的重译，难免会用同义或相近词句改变当初更恰当的语义。当然，先入为主的翻译可能会让后译者不易企及。原始地再现初时的翻译本貌，也是为当今的翻译提供值得借鉴的蓝本。

搜寻查找并编辑出版这样一套丛书并非易事。

首先确定这些译本在中国是否首译。

其次是这些首译曾经的影响。丛书拾回了许多因种种原因被后来丢弃的不曾重版的当时译著，今天的许多读者不知道有所发生，但在当时确是产生过一定的影响。

再次是翻译的文学体裁尽可能齐全，包括小说、戏剧、传记、诗歌等，展现那时面对世界文学的海纳百川。特别是当时出现了对外国戏剧的大量翻译，这是与在新文化运动影响下兴起的模仿西方戏剧样式的新剧热潮分不开的。

困难的是，大多原译著，因当时的战乱或条件所限，完好保存下来极难，多有缺页残页或字迹模糊难辨的情况，能以现在这样的面貌呈现，在技术上、编辑校勘上作了十足的努力，达到了完整并清楚阅读的效果，很不容易。

“民国世界文学经典译著·文献版”首编为九辑：一至六辑为长篇小说，61种73卷本；七辑为中短篇小说，11种（集）；八、九辑为戏剧，27种32卷本。总计99种116卷本。其中有些译著当时出版为多卷本，根据容量合订为一卷本。

总之，编辑出版这样一套规模不小的丛书，把世界文学经典译著发生的初始版本再为呈现，对于研究界、翻译界以及感兴趣的读者无疑是件好事，对于文化的积累更是具有延续传承的重要意义。

2018年3月1日

［挪威］易卜生（Henrikibsen）著　孫煦譯

社會棟梁

中華民國二十七年四月初版

登場人物

嘉斯登・貝立克，造船廠廠主。

貝立克夫人他的妻子。（名碧蒂）。

阿拉福，他們的兒子年十三歲。

瑪莎・貝立克，嘉斯登・貝立克的妹妹。

約漢・托尼遜，貝立克夫人的兄弟。

諾娜・海塞爾，貝立克夫人之異父的姐姐。

希爾馬・托尼遜，貝立克夫人的堂兄弟。

狄娜・朵爾夫，一個依着貝立克家生活的少女。

羅魯德，校長。

魯麥爾，大商人。

維格蘭 } 店主
薩德斯坦 }

克拉普，貝立克的親信的書記。

奧納，貝立克的造船廠的工頭。

魯麥爾夫人。

希爾達・魯麥爾，她的女兒。

霍爾特夫人。

納塔・霍爾特，她的女兒。

林格夫人。

一羣市民，訪客，外國水手和輪船旅客等等。

（事情發生於貝立克的家中，在挪威一個沿海岸的小城市內。）

第一幕

（佈景：貝立克家一間寬大的園亭。在前景的左面有一門通貝立克的事務室；同一面牆的稍後，又有一門通內室。右面牆的正中有一大門，通大街。後景的牆完全是用玻璃板作成的；中有一門，門下有一段寬大的階梯，直通花園；階梯之上，撑着一個遮太陽的布蓬。階梯之下，可以看見花園中一部分景色，花園是用籬笆圍着的，其中有一小門。在籬笆的那一面是一條街，街的那面是許多漆着五顏六色的小木房子。時間正是夏天，太陽溫暖地照着。時時可以看見有人沿街走着或停着相互談話；還有些人在街角上一個小店中跑出跑進；等等。

在園亭內一羣太太圍着一隻桌子坐着。貝立克夫人坐於主位；在她左面的是霍爾特夫人和她的女兒納塔，緊靠着她們的是魯麥爾夫人和希爾達·魯麥爾。在貝立克夫人右面的是林格夫人；瑪莎·貝立克和狄娜·朵爾夫。太太們大家都忙着在工作。在桌子上面擺着一大堆麻布上衣以及許多別的衣物，有些已經縫好了，有些則剛剛翦裁出來。朝後，又有一小桌，上面擺着兩盆花和一杯糖水，羅魯德坐在旁邊，高聲讀着一本金邊的書，但他的聲音只高到能使觀衆在偶然之間聽懂一兩個字。在外面花園裏，阿拉福跑來跑去，拿着一隻玩具的弓在射靶子玩耍。

稍停一刻，奧納從右邊的門安靜地走進來。讀書之聲稍微被打斷了。貝立克夫人向他點頭爲禮，幷指給他左邊的門。奧納靜默地走過，在貝立克事務室的門上輕輕的敲了幾下，稍停，又敲。克拉普從事務室走出來，手裏拿着帽子，腋下夾着一些文件。）

克拉普　噢，是你敲門嗎？

奧納　貝立克先生招呼我來的。

克拉普　不錯：但是，他此刻不能見你。他派我告訴你——

奧納　派你告訴我？一樣的，我寧願——

克拉普　派我告訴你他要向你說的話。你必須停止你每星期六向工人們的演講。

奧納　眞的嗎？我以爲我可以用我自己的時間來——

克拉普　你卻不可用你自己的時間來煽動工人，使他們不努力工作。上個星期六你向他們演講，說新機器和新的工作方法對於工人是如何的有害你爲什麽要那樣的說呢。

奧納　我那樣的說，是爲着公衆的利益。

克拉普　那纔奇怪，貝立克先生說那是有害於公衆的。

奧納　克拉普先生，我的公衆，並不是貝立克先生的公衆！因爲我是勞動協會的會長，所以我必須——

克拉普　你要知道，首先你是貝立克先生造船廠的工頭；所以，首先你得向貝立克造船公司這一公衆團體盡你的職務；我們每個人都是靠這公司生活的。是吧，你現在知道貝立克先生要向你說的話了吧。

奧納　我想貝立克先生本人一定不這樣說，克拉普先生！但是，我很懂得這事的原因．那就是那倒霉的美國船．那班人以爲此地的工作，也可以按照他們那裏的速度來作，並且——

克拉普　是的是的，但是我現在不能同你詳細的談這些事．只要你知道貝立克先生的意思，那就行了．你頂好快回到工廠中去；也許那裏需要你．我自己馬上就來——對不起，太太們！（向太太們鞠躬，隨卽經過花園走到街上．奧納靜默地從右邊出去．在兩人上面的低聲談話之時，羅魯德還繼續着他的誦讀，現在書讀完了，他砰的一聲把書合上．）

羅魯德　好啦，我親愛的太太們，現在完了．

魯麥爾夫人　這是多麼有益的一篇故事呢！

霍爾特夫人　而且又是這樣好的寓意！

貝立克夫人　像這樣的一本書，眞能啓發人的深思啊．

羅魯德　一點不錯；這書對於我們不幸每天在報紙上和雜誌上所看見的傷風敗俗的事情，眞是一劑對症的良藥。你們看一看社會吧，外表總是美麗的和輝煌的，但想想裏面的內容！——空洞和腐敗，如果我可以這樣說的話；簡直沒有一點道德的基礎。乾脆一句話，我們現在的各種社會，都是一些粉飾過的墳墓。

霍爾特夫人　眞是不錯！眞是不錯！

魯麥爾夫人　若要舉個例子來看，我們就用不着到遠處去尋，只要看看停在這裏的那個美國船上的水手就行了。

羅魯德　呵，我可眞不願意提起那些人類的渣滓。但是，就是在上等社會——那裏的情形又是怎樣呢？各方面都是懷疑和不安的精神；心靈從來沒有優閒過，他們一切行爲的特點就是輕浮易變。家庭生活是完完全全的被破壞了！你想想看，就是對於最確切的眞理，他們都喜歡無恥的加以懷疑！

狄娜　（依然低頭工作）難道那裏不也是完成過許多大事業嗎？

羅魯德　完成過大事業？——唉我一點也不懂——

霍爾特夫人（驚愕）　噯呀，狄娜！——

魯麥爾夫人（同樣的語氣）　狄娜，你怎能說出？——

羅魯德　我想那些「大事業」若在我們這裏變成一種常規，那對於我們一定不是一件好事。現在我們國內的一切事情都照着原樣進行，實在是令人不勝感謝的事。誠然不錯，我們這裏的麥田確也長着稗子，這不免可歎；但是我們總本着良心，盡我們的力量來拔除莠草害苗。這個不安的時代強迫我們來作各種危險的試驗，但是，太太們，最重要的事情就是要使社會純潔，以避免這一切危險的試驗。

霍爾特夫人　可是不幸得很，在暗中那種危險的試驗還多得很哩！

魯麥爾夫人　是的，你知道去年有人計劃在這裏建設一條鐵路，我們好容易纔逃掉那種危險。

貝立克夫人　是呀，那是我丈夫阻止掉的。

羅魯德　那是天意，貝立克夫人。你可以確切的相信，當你的丈夫拒絕參預那個計劃時，他不過是執行上天的意志而已。

貝立克夫人　可是他們那時在報紙上卻拚命的攻擊他呵！但是羅魯德先生，我們今天竟完全忘記謝謝你了。你爲我們犧牲這樣多的時間，你眞對我們太好了。

羅魯德　不算什麼。今天是休假日，而且——

貝立克夫人　是的，羅魯德先生，但是這仍然是一種犧牲。

羅魯德　（拉椅子靠近些）再不要說啦，我親愛的太太。你們各位太太不也是正爲着一種正當的事業在犧牲嗎？而且是心甘情願的犧牲。那些可憐的墮落的人們，我們的工作就是爲着拯救他們的，他們好比在戰場上受傷的兵士一樣；而你們呢，太太們，你們就是些仁愛的女慈善家，給他們預備藥品，給他們包紮傷處，醫治他們和安慰他們——

貝立克夫人　能夠用這樣美麗的比喻來看一切東西，羅魯德先生，那一定是一種可驚的天賦之才。

羅魯德　這才能相當的是天賦的——但大部分也可以在後天學得的。最重要的就是要從嚴正的人生使命來觀察事情。（向瑪莎：）你以爲怎樣，貝立克女士？自從你決心盡力於學校的工作以來，你不覺得好像是站在較堅固的立場之上嗎？

瑪莎　我眞不知道應該說些什麼。當我在學校裏的時候，有時我眞渴望遠遠的漂在狂風暴雨的海上纔好。

羅魯德　那不過是種誘惑而已，親愛的貝立克女士。你必須關閉你那心靈之門，以拒絕那樣滋擾的賓客。所謂「狂暴的海」——自然，你是不願意我從字面上來了解你的話的——你是指的外面世界的不停的潮流，有多少人在這潮流之中遭了難了。你眞的這樣重視外面奔波忙碌的生活嗎？只要看看街上吧。在那裏，在烈日之下他們跑來跑去，爲着他們的瑣事在那裏辛苦和掙扎。而我們呢，我們無疑義的是站在最有利的地位，我們能夠安閒的坐在這個涼快的地方，我們可以完全不管外間的紛擾。

瑪莎　是的，我一點不懷疑你是完全的正確——

羅魯德　而且在這樣一座房子裏——在這樣純潔善良的一個家庭裏，家庭生活顯出牠的最鮮美的色彩，充滿了優閒與和諧——（向貝立克夫人：）你在聽什麼，貝立克夫人？

貝立克夫人（她的臉看着貝立克的事務室）　我聽他們在裏面大聲說話。

羅魯德　有什麼事情發生了嗎？

貝立克夫人　我不知道。不過我聽到有什麼人同我丈夫在一道。

（希爾馬·托尼遜，口裏含着一枝雪茄，在右面門口出現，但一看見那些太太們，忽然立住）。

希爾馬　噢，對不起——（回轉身去）。

貝立克夫人　不要緊，希爾馬，請進來；你一點也不妨礙我們的事。你需要什麼東西嗎？

希爾馬　不，我只要進來看看——早安，太太們。（向貝立克夫人）你知道結果怎樣呢？

貝立克夫人　什麼結果？

希爾馬　嘉斯登召集了一個會議，你不知道嗎？

貝立克夫人　他召集了會議嗎？召集了幹什麼？

希爾馬　又是關於那討厭的鐵路的事情。

魯麥爾夫人　眞的嗎？

貝立克夫人　可憐的嘉斯登，他又要因此惹上煩惱嗎？

羅魯德　但是，托尼遜先生，你怎樣解釋那件事呢？你知道去年貝立克先生明白表示，他不願意有鐵路修在這裏的。

希爾馬　是的，我也是這樣的想呢；但是，我會過克拉普——他的親信的書記，他告訴我，鐵路的計劃現在又重新提起來了，並且貝立克先生與我們本地的三個資本家正在商議這件事。

魯麥爾夫人　啊，我剛纔好像是聽着我丈夫的聲音，這樣，我的料想是不錯的了。

希爾馬　自然魯麥爾先生是在數的，並且還有薩德斯坦和米契爾·維格蘭——就是那「聖人米契爾，」別人都這樣的叫他。

羅魯德　聖人！

希爾馬　請你原諒我，羅魯德先生？

貝立克夫人　現在一切的事情都非常的良好與和平，怎麼忽然又提起這件事呢！

希爾馬　好吧，就我個人來說，他們既要開始他們的爭吵：我是一點也不反對的。無論如何，他們總有些分歧。

羅魯德　我想我們可以消除這種分歧的。

希爾馬　這就要看你的氣質如何來定。有些性質有時是引起戰鬭的慾念的。但是不幸，鄉鎮的生活對於這方面的貢獻並不多，而且也不是每個人都可——「翻着羅魯德讀過的書）。「婦人是社會的婢女」。這是哪一類的胡說八道？

貝立克夫人　我親愛的希爾馬，你不能這樣的說。你一定沒有讀過那本書。

希爾馬　是的，沒有讀過，老實說我也不想讀牠。

貝立克夫人　你今天一定覺得不十分舒服吧。

希爾馬　是的，我有點難過。

貝立克夫人　也許你昨天晚上沒有睡好吧？

希爾馬　是的，睡得很壞。昨天晚上，爲了健康的關係，我出去散了一回步；隨後我到俱樂部歇下來在那裏讀了一本關於北極探險的書。看着那些同自然界奮鬬的人的冒險事業，纔眞有點令人興奮。

魯麥爾夫人　但是，托尼遜先生，那書似乎是沒有給你什麽好處。

希爾馬　沒有，當然沒有。我昨夜翻來覆去的只是半睡半醒，我夢見我被一個可怕的海馬追着。

阿拉福（這時他從花園跑上階梯）　你被一個海馬追過嗎，舅父？

希爾馬　我夢見的，你這小傻子！你現在還拿着那樣一張好笑的弓玩來玩去嗎？你爲什麼不弄一枝眞鎗玩玩呢？

阿拉福　我很願意有一枝，但是——

希爾馬　那樣的東西纔眞有點意思；每次你打一鎗的時候，總會使你興高彩烈的。

阿拉福　那末我就可以拿牠來打熊了，是吧，舅父？但是爸爸總不允許我。

貝立克夫人　希爾馬，你斷不能把這樣的觀念裝進他的腦筋中去。

希爾馬　哼！我們現在所教育出來的，是多美滿的一代人呵，不是嗎！我們高談什麼勇猛的游獵，可是天曉得——我們仍然不過在開玩笑；從來沒有任何莊重點的意向，來鼓勵臨危不懼的精神。不要在那裏拿着那張弓對着我，傻子——牠也許會射出來。

阿拉福　不要緊，舅父，那裏面並沒有箭。

希爾馬　你不知道那裏有沒有——也許有呢。拿開些，我告訴你！——你爲什麼不坐着你父親的一隻船到美洲去玩玩呢？到了那裏你就可以看見怎樣捉水牛，也可以看見怎樣同紅印度人開戰。

貝立克夫人　啊呀，希爾馬！——

阿拉福　我非常喜歡到美國去；舅父那時我就可以會見約漢舅父和諾娜姨母了。

希爾馬　不要瞎扯。

貝立克夫人　阿拉福，你再到花園裏去玩玩吧。

阿拉福　母親，我也可以到街上去嗎？

貝立克夫人　可以，但你得留心，不要跑得太遠啦。

（阿拉福跑下花園，從籬笆的門口出去。）

羅魯德　托尼遜先生，你不應該把那樣的空想灌輸到小孩子的腦中去。

希爾馬　不應該？不錯，他是命定的要作一個老守家園的傢伙，像別的許多人一樣。

羅魯德　但是你自己爲什麼不航海到那裏去呢？

希爾馬　我？像我這樣不中用的身體？不錯，在這方面我倒並不怎麼注意。但是，把這個問題且放在一旁，你忘記了一個人對於他所屬的社會，總有某些必盡的義務。這裏須要有人高舉着理想的旗幟．——唉，他又叫起來啦！

太太們　誰叫起來了？

希爾馬　我可眞不知道．他們那樣高喊大叫的，使我有點頭痛．

貝立克夫人　我想那是我的丈夫，希爾馬．但是你知道，他是常在大庭廣衆之中演講演慣了的——

羅魯德　我覺得別人的聲音也不見得低．

希爾馬　是的不低！——尤其是關於要他們掏腰包的事情，他們的聲音總是不低的．這裏的無論什麼事情，結果都是斤斤計較物質的利益．唉！

貝立克夫人　無論如何，這比過去什麼事情都開玩笑總要好些吧．

林格夫人　這裏過去眞是那樣壞嗎？

魯麥爾夫人　眞那樣壞，林格夫人．你那時沒有住在這裏，可以說是你的幸運．

霍爾特夫人　不錯，可是時代可眞改變了．當我回想到我還是個小姑娘的那些日子

——

魯麥爾夫人　呵，你用不着回想到十四五年以前去。願上帝寬恕我們，那時我們過的什麽生活呢！常常有跳舞會和音樂會——

貝立克夫人　而且還有戲劇俱樂部咧。這我記得淸淸楚楚的。

魯麥爾夫人　是的，你的劇本不是在那裏上演過嗎，托尼遜先生？

希爾馬（從房子後部）　什麽，什麽？

羅魯德　托尼遜先生寫過劇本嗎？

魯麥爾夫人　是的，羅魯德先生，那還是你來這裏以前很久的事情。不過那劇本只上演過一次。

林格夫人　魯麥爾夫人，你告訴過我，在有一次戲裏，你演過一個青年人的情婦，是不是就是那個劇本呢？

魯麥爾夫人（向羅魯德一瞥）　我眞記不起了，林格夫人。不過我還記得過去所行的那些放蕩的娛樂。

霍爾特夫人　是的，那時有許多人家每個星期開兩次宴會，這些人家我還都數得出來。

林格夫人　我聽說此地還來過一次旅行劇團，是嗎？

魯麥爾夫人　是的，可是那件事纔最壞呢——

霍爾特夫人（不安）　唉，實在討厭！

魯麥爾夫人　你說旅行劇團，怎麽我一點也記不得啦。

林格夫人　啊，有過，而且有人告訴過我，那個劇團的人在此地演過許多荒誕的戲。那些故事到底是眞的嗎？

魯麥爾夫人　林格夫人，實際上那些故事完全不是眞的。

霍爾特夫人　狄娜，我親愛的，你把那件襯衫遞給我好吧？

貝立克夫人（同時）　狄娜，親愛的，你去叫卡特林給我們拿咖啡來好嗎？

瑪莎　我同你一道去，狄娜。

（狄娜和瑪莎從左邊靠後的那個門走出去。）

貝立克夫人（站起來）　請你們原諒我少陪幾分鐘吧？我想我們還是在外面喝咖啡的好。（她走到外面走廊上，在那裏安放着一隻桌子。羅魯爾站在門口同她說話。希爾馬坐在外面，吸煙。）

魯麥爾夫人（低聲）　哎呀，林格夫人，剛纔你眞把我嚇倒了！

林格夫人　我嚇倒你？

霍爾特夫人　是的，但是魯麥爾夫人，你要知道那是你自己說起頭的。

魯麥爾夫人　我說起頭的？你怎能這樣的說呢，霍爾特夫人？我嘴裏沒有漏出一個字哩！

林格夫人　這到底是一回什麼事呢？

魯麥爾夫人　什麼事？你幹嗎開頭說什麼劇團呢？想想看——你沒有看見狄娜在房間裏嗎？

林格夫人　狄娜？啊呀，難道她有什麼不可告人的事故嗎？

霍爾特夫人　並且還是與這個家庭有關係的呢！難道你不知道那就是貝立克夫人的弟弟？——

林格夫人　貝立克夫人的弟弟又怎樣呢？關於他的事情我是一點也不知道；你們知道？我在這地方是完全生疏的。

魯麥爾夫人　難道你竟沒有聽見過？——啊！（向她的女兒：）希爾達，親愛的，你可以到花園裏稍微散散步去。

霍爾特夫人　你也去吧，納塔。看見可憐的狄娜回來時，你要好好的對待她。（希爾達與納塔走進花園裏去。）

林格夫人　好了，貝立克夫人的弟弟又怎麼樣呢？

魯麥爾夫人　難道你沒有聽見過他的可怕的醜名聲嗎？

林格夫人　是剛纔這位托尼遜先生的醜名聲嗎？

魯麥爾夫人　天呀，不是的！這位托尼遜先生是貝立克夫人的堂兄弟，林格夫人。我所說的是她那親兄弟——

霍爾特夫人　是那個名譽掃地的托尼遜先生——

魯麥爾夫人　他的名字叫作約漢。他跑到美國去了。

霍爾特夫人　你得知道，他是不能不跑的。

林格夫人　那末他作了什麼不好的事情嗎？

魯麥爾夫人　是的；他與狄娜的母親——啊，要我怎樣說呢？——他與狄娜的母親之間，曾經發生過某種關係。這我通通都記得，好像就是昨天的事一樣。那時，約漢·托尼遜還在貝立克老夫人的寫字間作事；而嘉斯登·貝立克則剛從巴黎回來——那時他還沒有定親哩——

林格夫人　是的；但是究竟有什麼醜事呢？

魯麥爾夫人　好吧，我告訴你。正是那一個冬天，莫列的劇團來到這城裏演戲——

霍爾特夫人　並且有個叫作朵爾夫的戲子，和他的妻子都在這個劇團裏。這城裏所有的少年人，一時都被她迷住了。

魯麥爾夫人　是的，都被她迷住了；不過他們怎麽會以爲她漂亮呢，我眞不解！有一天晚上，朵爾夫很晚的回到家裏——

霍爾特夫人　完全出他意料之外——

魯麥爾夫人　他發現他的——啊，不說咯，叫人怎麽說得出口呢！

霍爾特夫人　魯麥爾夫人，他畢竟沒有發現什麽事情，因爲房門閂住了。

魯麥爾夫人　是的，那就是我剛纔所要說的——他發現他的房門閂了。這樣——你想想看吧——那房裏的男人就不能不從窗戶裏跳了出來。

魯爾特夫人　並且還是從頂樓的窗戶裏跳下來的。

林格夫人　那個人就是貝立克夫人的兄弟嗎？

魯麥爾夫人　是的，正是他。

林格夫人　就是因爲那件事他纔跑到美國去的嗎？

霍爾特夫人　是的，你得知道，他不能不跑。

魯麥爾夫人　因爲隨後還發現了別的事情，差不多同那件事一樣的壞；想想看——他竟盜用款項——

霍爾特夫人　不過，魯麥爾夫人，你知道這事可沒有人一定拿得穩；也許這是個謠言也說不定。

魯麥爾夫人　嘿，謠言！這不是全城的人都知道的嗎？貝立克老夫人不是爲了這件事幾乎破了產嗎？可是，我決不是故意散佈這樣消息的人。

霍爾特夫人　可是無論如何，朵爾夫夫人並沒有得到那筆錢，因爲她——

林格夫人　那末後來狄娜的父母怎麽樣呢？

魯麥爾夫人　朵爾夫丟開他的妻子和小孩跑了。但是，那女人還不害羞，在這裏足住了一年。自然，她再也沒有顏面來現身舞臺，她只得洗洗縫縫的維持生活。

霍爾特夫人　後來她又設法辦個跳舞學校。

魯麥爾夫人　自然那是不會好的。哪裏會有父母肯把他們的孩子交給這樣一個女人呢？這學校沒有維持好久。而這女人又不慣於作工；她肺裏得了點毛病，後來就死了。

林格夫人　這眞是可怕的一件醜事！

魯麥爾夫人　眞是的，你想這給貝立克家多麼爲難。正同我丈夫有次說過的一樣，這是貝家幸運的光輝之中的一個汚點。所以，林格夫人，再不要在這房子裏談到牠啦。

霍爾特夫人　同時請看看上天的面上，也永遠不要提起那異父的姐姐吧！

林格夫人　啊，那末貝立克夫人還有一個異父的姐姐嗎？

魯麥爾夫人　有一個，不過僥倖得很；現在她們之間的親誼關係已經完全斷絕了。她並且是一個非常特別的婦人！你相信嗎，她把頭髮翦得短短的，而且在下雨天喜歡穿着男人的靴子跑來跑去！

霍爾特夫人　當她的異父的弟弟——那壞蛋——跑走的時候，全城的人自然都談論着他——你猜她幹什麼呢？她也跑到美國去依靠他去了！

魯麥爾夫人　是的，霍爾特夫人，但是你還記得她走以前的一件醜事吧！

霍爾特夫人　算了，不要說牠吧。

林格夫人　噯呀，她也弄出過什麼醜事嗎？

魯麥爾夫人　我想你也應該聽一聽這件事情，林格夫人。那時貝立克先生剛同碧蒂·托尼遜定婚，兩個人手攙手的走進她的伯母的房間，去告訴她這件喜訊——

霍爾特夫人　你知道，托尼遜家的雙親都已死掉了。

魯麥爾夫人　可是突然一下，諾娜·海塞爾從她的坐椅上跳起來，給我們這位優雅的嘉斯登·貝立克一記耳光，打得他頭昏眼花。

林格夫人　啊，我眞從沒有聽見過這種事。

霍爾特夫人　可是這完全是眞的。

魯麥爾夫人　於是她收拾了她的行李，也跑到美國去了。

林格夫人　我想她自己大概是有心於貝立克。

魯麥爾夫人　自然，她是有心於他．她妄想他從巴黎回來時，會同她結婚．

霍爾特夫人　她腦筋所想的就是這些事啊！嘉斯登・貝立克——一個世界的人物而且是禮儀的模範——一個完美的紳士——一切太太們的意中人——

魯麥爾夫人　而且不僅如此，又是那樣漂亮的少年，霍爾特夫人——又那樣的道德．

林格夫人　但這個海塞爾女士，在美國究竟怎樣過活呢？

魯麥爾夫人　唉！你知道——如我的丈夫有次所說的一樣——那上面已經掛着一張帷幕，這帷幕是誰也不敢輕易揭起的．

林格夫人　那是什麼意思？

魯麥爾夫人　她同家庭已經沒有什麼關係了，這你可以料想得到的；差不多全城的人都知道這件事，在那裏她是在酒館內賣唱過活的——

霍爾特夫人　並且還當衆演講——

魯麥爾夫人　還出版了一些糟糕的書．

林格夫人　眞有這樣的事嗎！

魯麥爾夫人　是的，諾娜·海塞爾對於貝立克家，眞是白璧之上的汙點。好了，林格夫人，現在你完全知道這個故事了。若不是要你說話留心些，我眞永不會把這事告訴你的。

林格夫人　哦，你可以相信我，我以後說話一定特別小心。不過那個可憐的孩子狄娜！

朵爾夫　我眞爲她難過。

魯麥爾夫人　可是那對於她纔眞是一件幸運的事。想想看，如果由她那樣的父母養育大了，那她還會成個什麼樣子！自然，我們都是盡量爲她的好，我們每個人都給她最好的勸告。後來貝立克女士把她領到這家裏來。

霍爾特夫人　但是她常常是一個難應付的孩子。那是自然而然的——有她從前那樣壞的一個母親。那樣的女孩子與我們自己的是不同的；所以得待她待溫和一些。

魯麥爾夫人　別說吧——她來了。（故意大聲）是的，狄娜眞是一個聰明的姑娘。噢，是你嗎，狄娜？我們剛纔把東西收拾好。

霍爾特夫人　你的咖啡聞起來多麽香啊，我親愛的狄娜。像這樣好的一杯咖啡——

貝立克夫人（從走廊裏喊出）　來這裏好吧？（這時瑪莎和狄娜幫助侍女把咖啡拿出去。太太們大家都坐在走廊裏，並特別表示親切的向狄娜談話。一會兒狄娜走回房間內來，找她所縫的衣服。）

貝立克夫人　狄娜，你不？——

狄娜　不，謝謝你。（坐下縫衣。貝立克夫人和羅魯德交談了幾句；稍停一刻，羅走進房間來，藉故走到桌旁，並開始低聲同狄娜談話。）

羅魯德　狄娜。

狄娜　什嗎？

羅魯德　你爲什麽不願同她們一道坐坐呢？

狄娜　我拿咖啡進來的時候，從那位面生的太太的表情上，我知道她們大家談論過我。

羅魯德　但是你沒有看見她在那裏對你很和氣嗎？

狄娜　那正是我所不願忍受的。

羅魯德　你眞執拗得很，狄娜。

狄娜　是的，我執拗。

羅魯德　但是爲什麼呢？

狄娜　因爲這是我的生性。

羅魯德　你不能設法改變你的生性嗎？

狄娜　不能。

羅魯德　爲什麼不能呢？

狄娜　（看着他）你知道，因爲我也是一個可憐的墮落的人。

羅魯德　可恥吶，狄娜。

狄娜　我媽媽也是這樣。

羅魯德　誰個向你說過那些事情呢？

狄娜　誰也沒有；她們從也沒有說過。爲什麼她們不說呢？她們大家都小心翼翼的待我，好像怕我聽了要粉碎似的。啊，我眞討厭這一切的慈心善意呢！

羅魯德　我親愛的狄娜，我完全了解，在這裏你感覺到受着壓制，但是——

狄娜　是的；只要我能夠離開這裏就好了。我一定能夠好好的過下去，只要我不同這些人住在一起，她們是這樣——這樣——

羅魯德　這樣什麼？

狄娜　這樣有禮和這樣道德。

羅魯德　啊，狄娜，你的意思並不是那樣。

狄娜　你十分知道我是什麼意思。希爾達和納塔每天都來此地，爲的是表現給我作好模範。我永遠不能像她們那樣的循規蹈矩；同時我也不願那樣。只要我離開了這裏，我就會成個有點用處的人。

羅魯德　但是，親愛的狄娜，你現在就是個很有用處的人。

狄娜　在這裏那對於我有什麽益處呢？

羅魯德　你說離開此地嗎？你是當眞的嗎？

狄娜　我連一天也不願意在這裏住下去了，如果不是爲了你的話。

羅魯德　告訴我，狄娜——你爲什麽喜歡同我在一起呢？

狄娜　因爲你教給我許多美麗的事情。

羅魯德　美麗？你把我所能教給你的一點的東西，叫作美麗嗎？

狄娜　是的。或者正確的說，並不是你教給我什麽東西；但是，當我聽你說話時，我就好像看見美麗的幻象了。

羅魯德　當你說一件東西是美麗時，你的確切的意思究竟是怎樣呢？

狄娜　我還沒有想過這個問題。

羅魯德　那末，你現在想想看，你怎樣了解一件美麗的東西呢？

狄娜　一件美麗的東西就是偉大的東西——而且是遙遠的。

羅魯德　唉！狄娜，我是這樣深切地關心着你喲，我的親愛的，

狄娜　僅只關心我嗎？

羅魯德　你十分知道，我之愛你，是非我的言語所能形容的。

狄娜　如果我是希爾達或納塔，那你就不會怕人看見你愛我咯。

羅魯德　唉，狄娜，你眞不知道，我心裏不能不加考慮的事情，不知道有多少啊！當一個人的命運使他成爲他的社會中一根道德的棟梁時，那他就越愼重越好。只要我能確切的知道別人會正當的了解我的動機——但是，且不管那些事情；我必須而且我十分的願意幫助你成人。狄娜，我倆之間是否可以這樣的約定，當我來到——當環境允許我來到——你的面前而且說道，「這是我的手」時，你就會握着牠並答應作我的妻子呢？你答應我這一要求嗎，狄娜？

狄娜　我答應。

羅魯德　謝謝你，狄娜，謝謝你！因爲在我這方面——啊，狄娜，我是這樣親切的愛你。你聽！

有什麽人來啦．狄娜——看我的面子——到外面去同別人在一起坐坐吧．（她出去到咖啡桌邊坐下同時魯麥爾，薩德斯坦和維格蘭從貝立克的房間出來，後面跟着貝立克，他手中拿着一束文件．）

貝立克　好咯，那末事情就算決定了．

維格蘭　是的，我誠心希望牠是如此．

魯麥爾　決定了，貝立克．一個挪威人的話，你知道，是像鐸維利費爾德山上的岩石一樣堅固可靠的！

貝立克　不管我們遇着怎樣的反對，決不能躊躇，決不能讓步．

魯麥爾　我們成敗都在一起，貝立克．

希爾馬（從走廊裏走進來）　什麽成敗？如果允許我問一句，是不是那鐵路計劃又趨於失敗了呢？

貝立克　不，相反的，牠正在進行——

魯麥爾　火速的前進，托尼遜先生。

希爾馬（走近）　眞的嗎？

羅魯德　怎樣的前進呢？

貝立克夫人（站在走廊門口）　嘉斯登親愛的，那是怎麼一回——

貝立克　我親愛的碧蒂，這事怎能使你感覺興趣呢？（向三人。）我們必須把股東的名單公布出來，愈快愈好。很明顯的，我們四個人的名字必須擺在前面。因爲我們在社會上所處的地位，那我們的義務就是要盡量在這件事上出頭努力。

薩德斯坦　當然的，貝立克先生。

魯麥爾　事情要幹就得幹到底，貝立克；我覺得誓必幹到底纔行。

貝立克　是呀，我想我們決不會失敗的。我們必須努力進行，每人在他自己的熟人之中去工作；如果我們能看淸這個計劃在社會各階級之中能引起極大的興趣，那末，照道理說，我們的市政公會也應該盡牠的一份力量。

貝立克夫人　嘉斯登，你應該到這裏來告訴我們這到底是一回什麼——

貝立克　這是一回與太太們毫不相干的事情，我親愛的碧蒂。

希爾馬　那末，你畢竟眞的贊成這個鐵路的計劃了？

貝立克　自然贊成。

羅魯德　但是貝立克先生，去年——

貝立克　去年那完全是另外一回事。那時，所討論的是一條沿海岸的幹線——

維格蘭　那條幹線若修起來實在是多餘的，羅魯德先生；因爲我們已經有了輪船公司

——

薩德斯坦　並且修起來也非常的昂貴——

魯麥爾　不特昂貴，並且還要把城中許多重要的實業完全破壞。

貝立克　最重要的一點還是這條幹線若修起來，對於產個的社會沒有益處。這所以我反對牠，因此現在纔決定在內地修一條幹線。

希爾馬　是的，不過那條幹線不會聯到這附近的幾個城市吧。

貝立克　那條幹線最後要通到我們城市的，我親愛的希爾馬，因爲我們計劃修一條支線。

希爾馬　啊哈——那末這是一個新計劃了？

魯麥爾　是的，新計劃，這不是一個巨大的計劃嗎？

羅魯德　嗯！——

維格蘭　看起來，好像上天有意把我們家鄉的地形，造成適合於建立一條鐵路支線似的，這大概是無人能否認的吧。

羅魯德　你眞的這樣想嗎，維格蘭先生？

貝立克　眞的，我必須承認，在我看起來，好像也是由於天意，纔使我今春作了一次業務旅行，在旅行之中，我偶然經過一個我從沒走過的山谷。突然像閃電一樣，我心裏想起經過這裏，我們可以建築一條支線，通到我們城裏來。於是我就請了一個工程師，將附近的地方加以測量，這些就是他作的初步計算和估量的文件；所以再沒有什麼東西可以阻礙我們了。

貝立克夫人（她這時仍和別的太太們在走廊門口。）　可是，我親愛的嘉斯登，這一切你瞞得我們好緊呵！

貝立克　唉，我親愛的碧蒂，若是早告訴了你，我知道你也不能了解這事的意義。再者，一直到今天爲止，我並沒有告訴過任何人。但是，現在決定的時刻到啦，所以我們必須公開的工作，並且盡我們一切的力量來工作。眞的，縱令爲着這事，我得損失我所有的一切，我還是要幹到底的。

魯麥爾　我們一定作你的後盾，貝立克；你信賴我們好了。

羅魯德　那末諸位先生，你們眞個覺得這事有那麼大的希望嗎？

貝立克　是的，無疑的。想想看，這條鐵路將把我們整個社會狀況提高到什麼程度。想想那些廣泛的森林地帶吧，有了鐵路我們就能獲利了；想想那些礦產的貯藏吧，我們以後就可以開採了；想想那些瀑布之上又有瀑布的河流吧！想想這對於工業的前途，又開闢了多大的希望呢！

羅魯德　難道你不害怕這樣一來，我們便更容易與外間世界的邪風惡俗相接觸嗎？

——

貝立克　不，羅魯德先生，關於那個問題請你完全放心好了。我們這小小的工業結構，現在是，謝謝上帝，是建築在非常健全的道德基礎之上了；我們大家又都曾盡過力使這個基礎日益鞏固；而且我們還要繼續這樣作，每人要盡每人的力量。你，羅魯德，你還是在我們的學校和我們的家庭之中，繼續你的造福人類的工作。我們這些實業界的人，則盡可能在更大的範圍之內來擴大社會的福利；而我們的婦人呢——是的，太太們，走近來吧。我想你們一定喜歡聽的——我們的婦人，我是說的我們的妻子們和女孩們——你們則專心從事於慈善事業，並且幫助和安慰你們那最接近的和最親愛的人，如同我親愛的碧蒂和瑪莎對我和阿拉福一樣——（向他四圍一看。）阿拉福今天又到哪裏去了？

貝立克夫人　啊，休假日是沒有法子把他關在家裏的。

貝立克　我知道他一定又到海邊上玩去了。你看吧，他總有一天要在那裏闖點什麼禍的。

希爾馬　那有什麼關係！同自然作點小小的鬬爭是——

魯麥爾夫人　你的家庭情愛眞是深厚極了，貝立克先生。

貝立克　好說好說，家庭是社會的核心。一間美麗的房子，幾個忠實的有榮譽的朋友，一種毫無缺憾的舒適的家族生活，這些都是——

（克拉普從右面進來，拿着書信和文件。）

克拉普　外國郵件到啦，貝立克先生——並且還有一份從紐約來的電報。

貝立克（拿電報）　哦——是「印度姑娘」號的主人打來的。

魯麥爾　郵件已經到了嗎？啊，那末請各位原諒我。

維格蘭　我也要少陪了

薩德斯坦　再會，貝立克先生。

貝立克　再會再會，各位先生。記着，今天下午五點鐘我們還有一次會議。

三人　是的——記得記得。（他們向右面走出。）

貝立克（看完了電報）　這眞是純粹美國式的！多麼怕人呵！

貝立克夫人　嘉斯登，什麼事？

貝立克　克拉普，你看你念念牠！

克拉普（讀電報）　「切勿作不必要的修理。『印度姑娘』號一修好了就開出來；現在是旺季；緊急時只有貨物也得開航。」那末，我必須說——

羅普德　你看在這種虛僞的社會裏，事情就是這個樣子！

貝立克　你說得一點不錯；當問題是關於賺錢營利的時候，人命也毫不重要了。（向克拉普：）「印度姑娘」號在四五天以內可以開航嗎。

克拉普　可以，只要維格蘭先生應允我們暫時停止「棕樹」號的修理工作。

貝立克　這——這他大概不會應允的。你最好把這些信件通都看看。我還問你一件事，你看見阿拉福在碼頭上嗎？

克拉普　沒有，貝立克先生。（走進貝立克的房間。）

貝立克（又拿起電報看着）　這些先生們絲毫沒有想到這要犧牲許多人的性命——

希爾馬　可是，水手的職業就是要同大自然奮鬭的：我想如果一個人敢冒險和狂風暴雨鬬爭，那對於神經到是一種興奮。

貝立克　我倒希望我們船主人之中，有哪一個敢屈尊來試試這樣的事！可是沒有一個人願意——沒有一個人！（看是阿拉福奔向家來。）啊，謝天謝地，他回來了，平安的回來了。（阿拉福手持釣竿，跑進花園，從走廊入。）

阿拉福　希爾馬舅舅，我剛纔跑去看大輪船的。

貝立克　你又到碼頭上去了嗎？

阿拉福　沒有，我只坐了一隻小船在海邊玩玩。你想想看，希爾馬舅舅，有一個馬戲團上了岸咯，帶着好多的馬，好多的野獸；並且還有不知好多的乘客上岸呢。

魯麥爾夫人　我們這裏又有馬戲班來了嗎？

羅魯德　我們嗎？我是沒有一點心向去看牠的。

魯麥爾夫人　不，我的意思自然不是說我們大人，但是——

狄娜　我很想看一次馬戲。

阿拉福　我也想看。

希爾馬　你眞是個傻子。那有什麼看頭？不過是些鬼把戲。如果你到了美洲，看看哥喬人騎着野馬在荒野上飛來奔去，那就完全不同了，那事纔眞有點趣呢。但是，願上天幫助我們，在我們這些小而可憐的城市——

阿拉福（拉着瑪莎的衣服）　看啦，姑姑！看啦，那裏他們來咯！

霍爾特夫人　呀，眞的——他們來咯。

林格夫人　唉，多麼可怕的一羣人呢！

（看得見一羣旅客和一大堆市民走在街上。）

魯麥爾夫人　他們眞是一班走江湖的人。霍爾特夫人，你看那個穿灰色衣服的女人吧，那個肩膀上有個行囊的女人。

霍爾特夫人　是的——你瞧——她把行囊掛在陽傘的把上。我想她是馬戲團經理的妻子。

魯麥爾夫人　那裏就是經理自己啦，是的！他眞像個十足的海盜。不要看他，希爾達。

霍爾特夫人　你也不要看，納塔！

阿拉福　母親，那個經理向我們點頭哩。

貝立克　什麼？

貝立克夫人　你說什麼，孩子？

魯麥爾夫人　是的，並且——天啦——那個婦人也〔向〕我們點頭哩。

贝立克　那眞是不顧羞恥了？

瑪莎（不自覺的驚呼）　唉！——

貝立克夫人　什麼事，瑪莎？

瑪莎　沒事，沒事。我剛纔想過——

阿拉爾（喜極而叫）　看呀，看呀，其餘的人統統都來咯，有馬又有野獸！那些美國人也在那裏咧！都是「印度姑娘」號上的水手！（可以聽見用銅簫和鼓吹奏出來的 Yankee Doodle 的歌調。）

希爾馬（掩住他的耳朵）　討厭，討厭！

羅魯德　我想，太太們，我們應該稍微向後退一退，免得看見這些可恥的東西。他們的事情絲毫不和我們相干。我們且繼續我們的工作吧。

貝立克夫人　你覺得我們把窗幕拉下來好嗎？

羅魯德　好的，我正是那個意思。

（太太們退回她們的原坐；羅魯德關了走廊的門，把門上和窗上的帷幔都拉開了，所以房間變成半暗。）

阿拉福（從帷幔的隙縫向外窺看）　母親，經理的妻子現在站在噴水泉旁邊，她正在洗臉呢。

貝立克夫人　洗臉？在街心上洗臉？

魯麥爾夫人　並且在這光天化日之下！

希爾馬　我必須說，假定我旅行經過一塊沙漠，並且看見路旁邊有個水井，我也一定不至於停住來想是否可以——，唉那討厭的銅簫！

羅魯德　這正是應該由警察來干涉的時候了。

貝立克　嗅，不！對於外國人我們不可太苛刻了。自然，這班人沒有像你我這樣的禮儀之感。就假定他們作出些什麼壞事來，又與我們何干呢？幸而那種反抗正規的混亂精神，在我們的社會內絕無立足之地——，啊，什麼！（諾娜·海塞爾從右邊門口輕捷地走了進來。）

太太們（用低微的驚奇的聲調）　那玩馬戲的婦人！那經理的妻子！

貝立克夫人　天啊，這是什麼意思！

瑪莎（跳起來）　呀！——

諾娜　你好嗎，親愛的碧蒂！你好嗎，瑪莎！你好嗎，姊夫！

貝立克夫人（驚呼）　諾娜，是你！

貝立克（蹣跌而退）　眞是她！

霍爾特夫人　啊呀啊呀！

魯麥爾夫人　眞有這樣的事！——

希爾馬　唉！

貝立克夫人　諾娜！——眞是你？——

諾娜　當然是我；如果你願意的話，你來親親我吧。

希爾馬　唉！唉！

貝立克夫人　你就這樣的回來？——

貝立克　你眞的要這樣的拋頭露面？——

諾娜　拋頭露面？怎樣的拋頭露面？

貝立克　唉！我指的——在馬戲班裏——

諾娜　哈，哈，哈哈！你瘋了嗎，妹夫？你以爲我參加了馬戲團嗎？這纔笑話咧！固然不錯，我曾經作過各種各樣的事，也作過許多次的蠢人——

魯麥爾夫人　嘿！——

諾娜　可是我卻從也沒有想去玩什麼馬戲。

貝立克　那末你並不是在馬戲班裏了？

貝立克夫人　謝天謝地！

諾娜　當然不是，我們也像別的可敬的旅客們一樣的旅行——不過是坐的二等船，這在我們卻已經弄成習慣了。

貝立克夫人　「我們，」你說「我們」嗎？

貝立克（上前一步）　你說的「我們」是指着什麼人呢？

諾娜　自然是指我同那孩子。

太太們（驚呼）　那孩子！

希爾馬　你說什麼！

羅魯德　我必須說！——

貝立克夫人　但是你到底是說什麼人呢，諾娜？

諾娜　我說的自然是約翰；我沒有別的孩子，就我所知道來說，我只有約翰——你們常叫他作約漢的。

貝立克夫人　約漢！

魯麥爾夫人（低聲向林格夫人）　就是那個無賴的兄弟！

貝立克（猶豫）　約漢也同你在一起嗎？

諾娜　自然啦；我當然不能丟下他一個人回來．你們爲什麼顯得這樣的悲傷呢？你們爲什麼坐在這樣暗黑的地方縫白的衣服呢？家裏死了什麼人嗎？

羅魯德　夫人，這裏是婦女救濟會——

諾娜（一半自語）　什麼？難道這些漂亮優閒的太太們也能夠？——

魯麥爾夫人　怎見得不能夠？我們當然要救苦消難——

諾娜　啊，我懂得了！可是，嗳呀，那是魯麥爾夫人嗎？坐在那裏的不是霍爾特夫人嗎！自從我們分別以來，我們都老了．但是請聽，各位善男信女；讓那些遭難的婦女們等候着一天吧——她們決不會因此而有什麼不好的．像這樣一個快樂的機會——

羅魯德　回家並不見得是個快樂的機會．

諾娜　眞的嗎？你怎樣讀你的聖經呢，牧師先生？

羅魯德　我並不是一個牧師．

諾娜　哦，那末你將來會變成個牧師。哼！——你的這件道德的襯衣，已經有股腐敗的氣味了——眞像一件屍衣一樣。我告訴你，我是慣於呼吸原野的新鮮空氣的。

貝立克（用手巾擦着他的前額）　我們這地方就非常靠近原野。

諾娜　等一等；我們大家必須吸點新鮮空氣。（把帷帳拉到一邊。）當那孩子來時，我們這裏應該有明亮的陽光。那末你們就會看見一個已經洗過澡的孩子——

希爾馬　唉！

諾娜（打開走廊的門和窗戶）　我是說，那時候他已在旅館裏洗過澡了——因爲在船上他弄得像豬一樣的骯髒。

希爾馬　唉唉！

諾娜　唉什麼那不眞是？——（指着希爾馬向別人問道：）他仍舊在這裏游來游去的一天到晚說「唉」嗎？

希爾馬　我並不願意閒游；那完全是我的健康狀況太壞的關係。

羅魯德　哼！太太們，我以爲我們不能——

諾娜（此時她注意到阿拉福了）　這孩子是你的嗎，碧蒂？同我握握手，我的孩子！你怕你這老醜的姨母嗎？

羅魯德（把書挾在腋下）　太太們，我以爲我們之中的任何人今天不見得還有工作的情趣吧。我想我們明天再會嗎？

諾娜（當別人都站起來告別之時）　好的，我們明天再會。我也會到場的。

羅魯德　你？原諒我，海塞爾女士，你以爲你可以在我們的救濟會內作什麼事呢？

諾娜　我想灌輸一點新鮮空氣到你們的會裏來，牧師先生。

第二幕

（佈景：同一房間。貝立克夫人一個人坐在桌子旁邊縫衣服。貝立克從右面進來，戴着帽子和手套，拿着手杖。）

貝立克夫人　就回來啦，嘉斯登？

貝立克　是的，我同一個人有過約定。

貝立克夫人（嘆氣）　啊是的，我想約漢今天還要來這裏的吧。

貝立克　不是他，是同另一個人。（脫下帽子。）那些太太們今天怎麼沒來呢？

貝立克夫人　魯麥爾夫人和希爾達都沒有時間來。

貝立克　噢！——她們說出什麼理由嗎？

貝立克夫人　說的，她們家裏忙得很。

貝立克　自然。那末別的人當然也不來啦？

貝立克夫人　不來，她們今天也有些事要作．

貝立克　這我老早就料到了．阿拉福在什麼地方？

貝立克夫人　我叫他同狄娜到外面去玩一回去了．

貝立克　嘿——她是個輕佻的女子．你沒有看見她昨天就同約漢笑笑鬧鬧的嗎？

貝立克夫人　但是，我親愛的嘉斯登，你知道狄娜是一點也不知道他的——

貝立克　她固然不知道，但是無論如何，約漢總應該謹慎一些，不去注意她纔好．從他的臉上，我就看出了維格蘭所猜想的實在一點不錯．

貝立克夫人（將縫的衣物置於膝上）嘉斯登，你能夠想得出他這次回來的目的嗎？

貝立克　喔——我知道他在那裏還有一些田地，不過我想他大概沒有經營得怎樣的好；諾娜昨天還說，她們這次不能不坐二等船回來——

貝立克夫人　是的，我怕就是那一類的事情．但是你想想，她是同他一道回來的！她？在她給了你一個致命的侮辱以後！

貝立克　啊，不要想起那些老事情吧。

貝立克夫人　目前我怎能禁得住不想起來呢？他總歸是我的兄弟——再者，我所擔心的倒不是他，而是爲着這件事會給你種種的不快。嘉斯登，我是非常的害怕——

貝立克　害怕什麽？

貝立克夫人　他們會不會因爲他偸了你母親的錢，把他送去坐監呢？

貝立克　眞是胡說！哪一個能夠證明他偸了錢呢？

貝立克夫人　不幸全城的人都知道這回事；而且你自己也曾說過——

貝立克　我什麽也沒有說過。全城的人也沒有誰眞知這事的底細；這整個的事情不過是一種無謂的謠言罷了。

貝立克夫人　你是多麽的寬洪大量呢，嘉斯登！

貝立克　再不要提起那些老事了，我請你！你不知道，這些舊事重提起來，使我多麽難過！（在房內走來走去；忽然拋開他的手杖。）想想看，他們現在回來了——偏偏在現在回來，還是對於我是特別重要的，我得在各方面與全城的人和報界建立良好的關係。我們城裏的新聞記者，會把關於這裏的稿件，送到別的城裏的報紙去登載的。不管我接待的他們好，抑或接待的他們壞，這事總有人搬嘴弄舌說來說去的。他們會把一切的舊事重提出來——像你一樣在像我們這樣的社會之中——（將手套丟在桌上）。這裏沒有一個人我可以去同他談談這件事，也沒有一個可以幫助我的人。

貝立克夫人　簡直沒有一個人嗎，嘉斯登？

貝立克　沒有——有哪一個呢？並且正在這個時候，我還得受他們的累贅！無疑的，他們一定會想法鬧些醜事出來——特別是她。同這樣的人作什麼親戚，眞是倒霉遭殃！

貝立克夫人　唉，我有什麼法子使他們不是——

貝立克　你沒有法子使他們不是你的親戚？當然沒有，那完全不錯的。

貝立克夫人　我也沒有要他們回來。

貝立克　正是的——說下去吧！「我並沒有要他們回來；我並沒有寫信給他們；我並沒

抓着他們的頭髮把他們拉回家來！」啊，我心裏知道你這一套廢話。

貝立克夫人（猝然下淚） 你用不着這樣的狠心——

貝立克 好，你哭吧——拚命的哭吧，這樣我們的隔壁鄰居纔有笑話說哩。不要這樣的愚蠢，碧蒂。去外面坐着吧；也許有人要來這裏的。我想你總不願意叫別人看見這家的女主人哭紅了眼睛？那纔是件漂亮的新聞，不是嗎，如果這故事傳了出去，說——呀，我聽見有人在門口啦。（聽見敲門之聲。）進來！（貝立克夫人拿起她縫的衣服，走下花園的臺階。奧納從右面進來。）

奧納 晨安，貝立克先生

貝立克 晨安。我想你總可以猜到我喊你來的用意嗎？

奧納 克拉普先生昨天告訴我，說你不滿意——

貝立克 我不滿意工廠裏的整個佈置，奧納。工作進行得太慢，其實是可以快些的。「棕樹」號應該久已可以下海了。維格蘭先生爲着這事每天來抱怨；你知道，他是個難以對付的人，而我又是那船的股東．

奧納　「棕樹」號後天就可以下海．

貝立克　噢，到底可以下海了．但是那個美國船，那「印度姑娘」號怎麼樣呢？這個船已經擱在此地四五個禮拜了，並且——

奧納　你說那美國船嗎？不過我以爲我們應盡量努力，把你自己的船先修好．

貝立克　我並沒告訴你這樣．那隻美國船的工作，你也一樣的要加速的進行纔對；但是你竟耽誤了這樣長久．

奧納　那船底完全壞了，貝立克先生，簡直是越修越壞．

貝立克　那不成理由．克拉普把整個的眞相都告訴我了．你不知道怎樣運用我所辦的新機器——或者你簡直是不願意運用牠們．

奧納　貝立克先生，我已經是五十多的人了；並且從孩童時代起．我就慣於老的工作方法——

貝立克　那種方法我們現在不能用啦。奧納，你不要以爲這是爲着賺錢營利；幸而我是不需要如此的；但是我得顧慮我所生存的社會，我得留心我所領導的事業。我必須在前領導，否則就永不會有什麼進步了。

奧納　我也歡迎進步哩，貝立克先生。

貝立克　是的，可是只限於你的那個狹小的圈子以內——即在工人階級以內。噢，我知道你是一個忙碌的煽動家；你演講，你煽惑人民起來；但是當眞正的具體的進步到來時——例如現在的新機器——你就不願同牠發生任何關係了；你就害怕牠了。

奧納　是的，貝立克先生，我眞的害怕。我所害怕的，就是不知道有多少人，又會被這些新機器奪去麵包。先生，你非常喜歡說我們對於社會有應盡的責任；但在我看起來，社會也有牠的責任哩。爲什麼科學和資本要把這些新發明引進到勞動當中來，而不先使社會教育一代人起來使用牠們呢？

貝立克　你讀書和思想得太多了，奧納；這對你沒有什麼好處，而且這使你不滿意於你自己的命運。

奧納　不錯，貝立克先生；但是我看着一個個善良的工人被開除出廠，看着他們在這些機器之前挨餓，我總覺得難過。

貝立克　哼！當印刷機發明的時候，有多少的寫字的被迫挨餓哩。

奧納　如果你在那個時候，也是一個靠寫字喫飯的人，不知你還會這樣讚美印刷機不？

貝立克　我喊你來不是同你辯論的。我喊你來是告訴你「印度姑娘」號必須在後天修好下水。

奧納　但是，貝立克先生——

貝立克　再過明天一天，後天，你聽見嗎？——同我們自己的船一道修好，不準遲一點鐘。我有許多理由要催促這個工作。你看過今天的報紙嗎？那末，你一定知道這些美國水手又鬧出些什麽把戲來了。這一羣流氓簡直把全城都鬧翻了。沒有一天晚上不在酒館裏或街上吵嘴打架的——且不說別的可惡的事情。

奧納　是的，他們當然都是一班壞傢伙。

貝立克　但是哪一個人應負這些滋擾的責任呢？那只有我！是的，我是不能不因此遭殃。那些新聞記者總是明鎗暗箭的，責難我們只知道努力去修理「棕樹」號。而我的生活的任務，又在於以身作則的給我的市民同胞以良好的影響，所以我就不能不忍受這些丟面子的事情。可是我不能再忍受了。我不願意我的好名聲這樣的糟踏下去。

奧納　你的好名聲是經得起這些事件的，先生，而且還不只這些事件哩。

貝立克　可是現在不一定啦。在目前這個特別的時候，我最需要我的市民同胞能夠給我一切好意與尊敬。我有件大事情要作，這你也許聽人說過吧；但是，如果那些懷惡意的人動搖了我素常的信用，那我便非常困難了，這就是爲什麼無論如何我要避免報紙上的諷刺和責難，同時這也是爲什麼我給你規定後天作爲最後的期限。

奧納　貝立克先生，你最好還是限定今天下午，那不更快嗎？

貝立克　你以爲我向你要求一件不可能的事嗎？

奧納　是的，用現在我們工廠裏所有的工人來作，簡直是件不可能的事。

貝立克　那末我們就得到別處去尋找工人。

奧納　先生，你眞的又要開除一些老工人嗎？

貝立克　不，我並沒有想到那一點。

奧納　我想如果你眞那樣作了，那就會在市民之中和在報紙上引起反對你的惡感。

貝立克　也許是那樣；所以我不願意那樣作。但是，如果「印度姑娘」號後天不能下水，那我就要開除你。

奧納（一驚）　開除我！（笑。）你在說笑話吧，貝立克先生。

貝立克　如果我是你，我就不能相信這是作不到的。

奧納　你眞能想到開除我嗎？——我的父親和我的祖父，都是一生一世的在你的廠裏作工，現在我又是這樣，你竟想到開除我嗎？

貝立克　是誰逼得我這樣作的呢？

奧納　你是要求一件不可能的事，貝立克先生。

貝立克　只要你願意作，沒有作不成的道理。是或否，你要給我一個確定的答覆，否則你現在就算開除了。

奧納（走近一步）　貝立克先生，你想沒有想到開除一個老工人會有什麽結果？你以爲他能夠去找別的職業嗎？哦，不錯，他也許能夠；不過那怎能解決問題呢？你應該到一個被開除的工人家裏去一趟，看看他晚上帶着工具回家是什麽情景。

貝立克　你以爲我是很輕率的開除你嗎？我對於你，平常難道不是一個好主人嗎？

奧納　這樣反而更壞，貝立克先生。正因爲這個原因，我家裏的人一定不會怪你；自然他們也不敢當面責備我；但是當我不注意的時候，他們就會用眼睛瞥我幾瞥，以爲我是罪有應得的。你知道，先生，那就是我所不能忍受的。我知道我只是一個不足數的人；但是我在我的家裏，卻是一個最重要的人。我那可憐的家庭也是一個小社會，這個小社會我之所以能够維持的，一則是因爲我的妻子相信我，二來是因爲我的孩子們也相信我。而現在這一切都要歸於粉碎了。

貝立克　可是如果沒有什麼別的原因，那末較小的是應該在較大的之前先倒；個人應該爲着公共幸福而犧牲。我不能給你別的答覆；世界上的事情原是如此，並沒有別的道路。你是一個頑固的人，奧納！你總是反對我，並不是因爲你不能改善你的工作方法，而是因爲你不願承認機器勞動比手工勞動要優越一些。

奧納　貝立克先生，你以爲你開除了我，就算是對於報界表示了你的好意，所以你就對於我的命運毫不動心嗎？

貝立克　就假定是那樣吧？這件事情對於我的意義，我已經對你講過：不是讓報界完全壓在我的背上，就是要使他們在這時候向我要好，因爲這時我正向着一個大的目標工作，爲的是增進公共的福利。你想我現在還能有什麼別的辦法嗎？我告訴你，問題的關鍵就在於此：事情弄好了，你的家庭就得以維持下去，否則連幾百個新家庭都因之不能存在；如果我現在所努力的計劃遭受失敗，那幾百個家庭永遠不會建立起來，他們的爐竈也永遠不會有火燒起來。我之要你有所選擇，就是這個理由。

奧納　好吧，如果事情果眞是那個樣子，那我就沒有話說了。

貝立克　唉——奧納，想到我們快要分手了，我眞十分難過。

奧納　我並不想同你分手，貝立克先生。

貝立克　怎麼樣呢？

奧納　就是像我這樣的一個平常人，也還有一些事情非維持下去不可。

貝立克　一點不錯，一點不錯——那末我想你可以答應？——

奧納　「印度姑娘」號可以在後天修好下水。（鞠躬而退，從右面出去。）

貝立克　啊，我總算把這個頑固的人說服了！我想這大概是個吉兆。（希爾馬從花園門口走進，吸着一枝雪茄。）

希爾馬　（走上通至走廊的階梯時。）晨安，碧蒂！晨安，嘉斯登！

貝立克夫人　晨安。

希爾馬　呀，我看你是哭過了，所以我想你大概是都知道了吧？

貝立克夫人　都知道了什麼？

希爾馬　那件醜事正鬧的衆人皆知。唉！

貝立克　你究竟說的什麼事呢？

希爾馬（走進房間）　什麼事！我們那兩位從美國回來的寶貝在大街上拋頭露面的，並且還好意思帶着狄娜·朵爾夫在一道走！

貝立克夫人（隨着他進來）　希爾馬，眞有那樣的事嗎？

希爾馬　不幸完全是眞的。諾娜甚至於一點也不知趣，竟在後面喊我，自然，我只好裝着沒有聽見她。

貝立克　那末，他們這些行動一定很惹人注意了。

希爾馬　當然啦，人家都站在街上看着他們。這消息像火一樣的傳遍了全城——簡直同燎原之火一樣。每個人家的人，都擠在窗戶上看着他們走過——唉！碧蒂，你必須原諒我又發出這種怪聲——說老實話，這眞使我有點冒火．如果他們還這樣的繼續下去，我就要想法離開這裏纔好．

貝立克夫人　但是，希爾馬，你當時應該向他說話並告訴他——

希爾馬　在大街上同他說話嗎？原諒我，那我辦不到．你想想那個傢伙，他竟敢於在城裏露面！好吧，我們且看報紙上是否會給他一點與論的制裁；是的——原諒我，碧蒂，可是——

貝立克　你說報紙嗎？你有沒有聽見那一類的風聲或暗示呢？

希爾馬　沒有聽見！人家已經在議論紛紜了．昨天晚上離開此地以後，我就到俱樂部去了一趟，因爲我感覺得不大舒服．我剛一進去，他們便立刻靜默下來了，我就知道我們那兩位美國寶貝正是他們談話的材料．隨後那個無恥的新聞記者，哈默，跑了進來，並且高聲怪叫的向我道喜，說我的發了財的堂兄弟回家來啦．

貝立克　發了財的？

希爾馬　那是他講的話。自然，我很不客氣的向他看了一看，我乾脆的告訴他，說我一點也不知道約漢·托尼遜發了什麼財。他回我說，「那纔奇怪呢？許多人在美國總是過得很好的，只要他們在開頭有點資本，我相信你的堂兄弟決不是空手出門的。」

貝立克　唉——謝謝你，不要說了好吧！

貝立克夫人（苦惱）　嘉斯登，你瞧，他們來了。

希爾馬　總之昨天晚上爲了他們，我一夜也不能安眠。他竟有臉在街上跑來跑去，若無其事的一樣。爲什麼他不能永遠的不回來呢？有些人這樣的難得死，眞是怪事。

貝立克夫人　我親愛的希爾馬，你說什麼？

希爾馬　我沒說什麼。但是那個傢伙纔眞幸運，有次火車出事，他連一點傷也沒有受到，他獵過加利福尼亞的野熊，他也和印底安人打過架——可是連頭皮也沒有破一點——唉，他們來啦！

貝立克（向街上望着）　阿拉福也同他們在一起！

希爾馬　自然咯！他們要表示給每一個人看：他們是屬於這城裏最有名望的家庭的看看那裏吧！看那些從藥店裏出來的一羣閒人吧，那些人都眼睜睜釘住他們，在那裏評論他們。我的腦筋眞不能再忍受了；在這樣的情景之下，怎能希望一個人高舉着理想的旗幟呢，我——

貝立克　他們來啦。聽我說，碧蒂；你應該盡量親善的接待他們纔好，這是我的特別的願望。

貝立克夫人　哦，我可以嗎，嘉斯登？

貝立克　當然，當然——而你也應該這樣，希爾馬。唯一的希望就是他們不要在這裏住長久了；並且即使不當着他們的面，也不要提起過去的事；無論如何我們不可傷他們的感情。

貝立克夫人　你眞是寬洪大量，嘉斯登！

貝立克　噢，不要那樣說啦。

貝立克夫人　但是，你必須讓我謝謝你；而且像我這樣的粗心性急，也得請你原諒。我想你從前一定有各種的理由來——

貝立克　再不要說啦，我請你！

希爾馬　唉！

（約漢・托尼遜和狄娜從花園走上臺階，諾娜和阿拉福在後面跟着。）

諾娜　晨安，各位親愛的！

約漢　我們到外面玩了一回，嘉斯登，把老地方各處都看到了。

貝立克　我聽說了。你覺得大大的改變了嗎？

諾娜　遍地都是貝立克先生的豐功偉業！你所貢獻給全城的遊戲場，我們也去過了。

貝立克　你們也到那裏去過嗎？

諾娜　「嘉斯登・貝立克的偉大貢獻，」大門口上不是這樣寫着的嗎？這地方一切的建設和進步，似乎都是你一個人的功勞。

約漢　你又有了那麽許多漂亮的輪船。我在街上還遇見我的老同學「棕樹」號的船長，

諾娜　而且你又建設了一座新學校，人家告訴我，我們城裏之有自來火和自來水，也全得着你的力量。

貝立克　那也並非我個人之力，不過一個人是應該爲社會謀幸福的。

諾娜　那眞是一種高貴的情感，妹夫；不過看見別人那樣的敬重你，對於我仍然是一種快樂。我希望我不致於矜誇或驕傲；但我們在街上同人談話時，我總禁不住不告訴他們，說我們是你的親戚。

希爾馬　唉！

諾娜　這你也要唉聲嘆氣嗎？

希爾馬　不，我沒有嘆氣。

諾娜　你這可憐的傢伙，你要喜歡嘆氣，你儘管嘆氣吧。你們今天都沒有什麼事嗎？

貝立克　是的，我們此刻都沒有事。

諾娜　在街上我們碰着你們進德會的兩位會員；他們都裝做非常忙迫的樣子。你和我還沒有好好的談一談。昨天你又有幾個高貴的朋友在這裏，並且還有那牧師——

希爾馬　他不是牧師，他是一個校長。

諾娜　我叫他作牧師。現在你們告訴我，你們對於我在這十五年中所作的工作作何感想呢？他現在不是已經長成一個完美的人物嗎？誰還認得那從家裏逃出去的孩子呢？

希爾馬　哼！

約漢　諾娜，不要太誇獎了我。

諾娜　我可以告訴你們，因爲把他教育好了，我眞覺得十分驕傲。當眞說，這差不多是我生平所作的唯一的工作；所以這工作也就給了我生存的權利。當我想起，約漢，我倆剛到美國的時候，什麼東西也沒有，除了四隻空拳頭——

希爾馬　四隻手！

諾娜　我說拳頭；而且是齷齪的拳頭——

希爾馬　唉！

諾娜　而且還是空的。

希爾馬　空的？算了吧，我必須說——

諾娜　你必須說什麼？

貝立克　嗯！

希爾馬　我必須說——唉！（走到走廊裏。）

諾娜　這個人怎麼樣了？

貝立克　啊，不要理他；他的頭腦很昏亂。你不願意到花園裏去看看嗎？你還沒有到那裏去過，而現在我正有一點鐘的閒空。

諾娜　很樂意。我可以告訴你，我的思想同你一道在這花園裏，已經有許多許多次數了。

貝立克夫人　你可以看到，諾娜，我們的花園裏也有了許多的改變。（貝立克，貝立克夫人，和諾娜走下花園，在以下的場面中，有時可以看見他們在那裏走動。）

阿拉福（走到走廊的門口）希爾馬舅舅，你知道約漢舅舅問了我什麼事呢？他問我願不願意跟他到美國去．

希爾馬　你這小傻子，你能離開你的母親嗎！

阿拉福　但是我不願意再依靠母親了．你可以看到，當我長大——

希爾馬　啊，胡說！你並沒有眞正的志向鍛練一種必要的性格去——

（這時狄娜脫下她的帽子，從右面的門口出現，撲打她衣物上的灰塵．同時希爾馬與阿拉福走到花園裏去．）

約漢（向狄娜）　這次散步使你很高興吧．

狄娜　是的，眞是一回適意的散步．我從前從沒有過這樣舒服的散步．

約漢　你不是常常在早晨去外面散步嗎？

狄娜　哦是的——但是只同阿拉福．

約漢　我曉得了．——你現在願意到花園裏去玩，還是寧願在這裏休息呢？

狄娜　我寧願在這裏。

約漢　我也願意在這裏陪着你。那末我們可不可以從此約定。每天早晨我倆都像今天這樣一道的去散步呢！

狄娜　不，托尼遜先生，你一定不能這樣作。

約漢　爲什麽不呢？你已經答應我了。

狄娜　是的，但是——仔細一想——你是不能同我一道出去的。

約漢　爲什麽不能呢？

狄娜　自然，你剛纔打外國回來——你不能了解這裏的情形；所以我必須告訴你——

約漢　好吧？

狄娜　不，我不願說了。

約漢　啊，你必須說；只要你高興，什麽話你都可以同我說的。

狄娜　那末我必須告訴你，我同此地別的女孩子是有些不同的。我有點什麽——什麽異樣的事。這就是你不能與我一道出去的原因。

約漢　但是我一點也不懂得。你並沒有作錯什麼事情？

狄娜　不，不是我，但是。——啊，我現在不用說啦。你將來一定會從別人那裏聽到的。

約漢　唉！

狄娜　但是還有一件事情，我很想問一問你。

約漢　什麼事？

狄娜　我想一個人在美國想找個什麼位置，大概是很容易吧？

約漢　不，不見得容易的；一開始，你總是過的很苦，還得拚命作工纔行。

狄娜　我完全準備那樣作。

約漢　你？

狄娜　我現在能夠作工了；我的身體非常強健；並且瑪莎姑母又教給了我許多的事情。

約漢　好得很，我們回去時，一定帶你一齊去！

狄娜　唉，你不過同我說說笑話罷了；你也這樣對阿拉福說過。但是我所要知道的，就是那裏的人是不是這樣道德呢？

約漢　道德？

狄娜　是的；我的意思是說，他們是不是像此地的人一樣的規矩，一樣的禮貌呢？

約漢　無論如何，他們總不會像此地的人這樣的壞。在這上面，你倒用不着擔心。

狄娜　你不了解我的意思。我希望你告訴我說，他們並不像此地的人這樣規矩和這樣道德。

約漢　不像此地的人？那末你願意他們像個什麽樣子呢？

狄娜　我寧願他們凡事出諸自然，不要裝腔作勢。

約漢　那末，我相信他們正是那樣。

狄娜　因爲只有那樣，我到那裏纔能過得下去。

約漢　你一定過得下去！所以我們要帶你一道去。

狄娜　不，我不願意同你去；我必須一個人去．啊，我一定要使我的生活過得有點意義；我要——

貝立克　（站在花園臺階底下，與諾娜和他的妻子說話．）等一刻，我就去拿，親愛的碧蒂；你太容易受涼了．（走進房間，尋找他的妻子的披巾．）

貝立克夫人（從外面）　你也出來玩玩，約漢；我們正要到假山洞裏去呢．

貝立克　不，我要約漢在這裏待一待．喂，狄娜，你把我妻子的披巾拿去，同她們一道去玩．約漢同我在這裏坐一坐，親愛的碧蒂．我想聽一聽他在那邊的生活情形．

貝立克夫人　很好——那末你們隨後來吧；你知道我們會在什麼地方的．（貝立克夫人，諾娜和狄娜從花園出去，向左面走．貝立克看着她們，稍過一刻，走到左面靠後的那個門口，將門閂上，隨卽走到約漢面前，熱烈地握住他的雙手．）

貝立克　約漢，現在沒有人在我們旁邊了，你必須讓我感謝你．

約漢　啊，胡說！

貝立克　我的家庭和我的一切快樂——我在此地的市民的地位——所有這些全都是得着你的幫助。

約漢　嘉斯登，這樣我很覺歡喜；從那個瘋狂的故事裏，畢竟也得出一點好結果哩。

貝立克（又緊握着他的雙手）　這你必須讓我謝謝你！在一萬個人中間也找不出一個人會像你這樣爲我犧牲的。

約漢　胡說！那時我們兩個不是都還年靑和輕率嗎？你知道，我倆之中總要有一個人負起那個罪責的。

貝立克　但是，不該那犯罪的人自己去負罪責嗎？

約漢　不要說咯！在那時候，事情卻適合於那個無罪的人去負罪。你記得，我那時沒有什麼累贅——我的父母都死了；並且那也是很好的一個機會使我脫離寫字間的苦役。而你呢，你就不同了，你還有老母須要你的扶養；此外，你那時正祕密的與碧蒂定婚，她是那樣的熱愛着你。如果那事傳到她的耳朵裏，那你們之間的關係還堪設想嗎？

貝立克　那是一點不錯的，不過這仍然是——

約漢　而且不正是爲着碧蒂的原因，你纔與呆爾夫夫人斷絕關係嗎？我記得，你正是爲着結束那整個的事情，所以那一晚上你纔到她那裏去的。

貝立克　是的，那不幸的一晚，誰知道那個醉鬼竟突然的回來呢！固然不錯，約漢，那是爲了碧蒂的原故；可是你這樣的待我，讓一切事情都推在你身上，並且因此拋棄了家鄉，這表現了你的高貴。

約漢　你一點也不要憂心，我親愛的嘉斯登。我倆那時都同意這樣作；你應該得救，而且你又是我的好朋友。我可以告訴你，我和你的那種友誼，我是感覺得非常驕傲的。當你從外國遊歷回來的時候，你是到過倫敦和巴黎的大人物，而我之在這裏呢，不過是一個作苦工度日的可憐的人而已；可是你竟同我結交作朋友，雖然我比你還年靑四歲。不錯，你之向我締交，是因爲你那時正向碧蒂求愛的原故，這我在現在纔懂得了，但是那時我卻因爲同你締交而非常覺得榮幸！哪一個能不那樣的感覺呢？哪一個又能不願意爲着你而犧牲自己呢？特別是那事在城裏不過只是一句話，並且又可以使我藉此走到外面廣闊的世界去，遂了我素常的心願。

貝立克　唉，我親愛的約漢，我必須明白的告訴你，那件事情現在還沒有完全被人忘記哩。

約漢　還沒有嗎？那末，當我再回到美國田莊去的時候，這對於我又有什麼關係呢？

貝立克　你還打算回去嗎？

約漢　自然。

貝立克　但是，我希望你不要馬上回去纔好。

約漢　可是我要盡可能的快。你知道，我這次之同諾娜回來，不過是順着她的意思罷了。

貝立克　眞的嗎？是怎麼一回事呢？

約漢　你知道諾娜已經不年靑了，而最近她又苦苦的想回家來；但她自己總不肯承認這一點。（微笑。）你想她怎能獨自回來，把我這樣輕率的人丟在那裏呢？她知道我還不到十九歲的時候就陷於——

貝立克　她知道你什麼?

約漢　唉!嘉斯登,我現在要向你坦白的說一件事,這事我是不好意思說出來的.

貝立克　你當然沒有把眞相告訴過她?

約漢　告訴過的.那固然是我的錯誤,但是我不能不告訴她.你眞想像不出諾娜對於我的重要.你永遠不能容忍她;但是她之對於我,卻簡直像母親一樣的.當我們到美國的第一年,那時我們的一切事情都弄得非常的不順手,你眞想不出她是怎樣拚命的工作呢!當我病了很長久的時候,自然我是一文錢也找不到的,她就在酒館裏唱歌,作令人發笑的演講;隨後她又費了千辛萬淚寫了一本書——所有這些都是爲着我的性命.她爲了我這樣的勞苦工作,我能看着她在冬天來時日益消瘦下去而不痛心嗎?不能,嘉斯登,我不能那樣的忍心.所以我向她說,「你回家去吧,諾娜;不要爲我擔心,我不是如你所想像的那樣輕率.」所以這樣——結果我就不得不把一切都告訴她了.

貝立克　她那時怎麼說呢？

約漢　她相信我所說的都是眞實的，所以她覺得我既然自知無罪，那我同她一道回來是沒有什麼關係的。但是你放心；諾娜決不會說出什麼來的，同時我也還像從前一樣的守口如瓶。

貝立克　是的，是的——我相信你的話。

約漢　我向你保證，你完全放心好啦。現在我們不要再談論過去的事了；我敢相信，我們之中的任何一個人所犯的罪，不過只是一種瘋狂的惡作劇而已。我想在此地稍微再住幾天，盡情的享受幾天的快樂。你眞想不出我們今早的散步是多麼快樂。誰又想到從前在這裏跑來跑去並且在舞臺上扮演天使的那個小女孩，現在居然！——啊，你告訴我，親愛的嘉斯登，她的父母後來怎麼樣了？

貝立克　啊，我的約漢，你走了以後，我隨卽寫了信給你，我所能告訴你的，我通通在那兩封信上告訴你了。我想你接到我的兩封信吧？

約漢　接到接到，兩封都接到了。那個醉鬼就是那樣的拋棄她了嗎？

貝立克　後來他還繼續飲酒，以致於死。

約漢　她隨後也就很快的死了嗎？

貝立克　她很爲驕傲；她並沒有說出什麼，同時也不肯接受什麼。

約漢　可是無論如何，你把狄娜帶到家來是很對的。

貝立克　我也這樣想。事實上這是瑪莎作的事。

約漢　是瑪莎嗎？她今天到哪裏去了？

貝立克　她嗎？噢，她的事情多咧，照顧了她的學校以後，她就有她的病人去看護。

約漢　這樣說，就是瑪莎很關心她了？

貝立克　是的，你知道瑪莎常常有一種教育的嗜好，所以她在公立小學擔任一個位置。她是有點可笑的。

約漢　我覺得她昨天看起來很爲憔悴；我害怕她的健康不足以擔任那個工作。

貝立克　哦不，就她的健康來說，是很不錯的。但這對於我是很不痛快；在表面上看起來，好像我作哥哥的，不願意供養她似的。

約漢　供養她嗎？我想她自己總有點財產吧。

貝立克　一個銅板也沒有。當你出門的時候，我們母親的經濟狀況是多麽拮据，這你一定還記得吧？有一個時候，她之得以維持下去，完全是靠我的幫助，但我自然不能常常忍受那種狀況。我要求她讓我進公司裏去辦事，但是事情也並未因此就好起來。所以我自己必須接受全部的事情，而當我們結算的時候，事情就非常明白，我母親分下的財產，實際上差不多就沒有剩下什麽了。所以母親隨後很快死了的時候，自然瑪莎就得不着一個銅板的遺產了。

約漢　可憐的瑪莎！

貝立克　可憐！爲什麽呢？你以爲我是完全不照顧她嗎？我敢說我是一個好哥哥。自然，她同我們一道住，房子是用不着愁了；她當教員的薪水夠作衣服穿了；她還需要什麽呢？

約漢　嗯——我們在美國，對於生活的觀念卻不是這樣的簡單了。

貝立克　是的，在你所看見的那樣革命狀況的社會之中，我敢說他們對於生活觀念不是這樣的簡單。但是在我們的小社會裏——在這裏，謝謝上帝，一直到現在爲止，邪風惡俗還沒有插足的地方——我們的婦人只要佔着一個過得去的位置就心滿意足了。再者，這也是瑪莎自己的錯處；我的意思是說，她本來老早就有人供養她了，如果她願意的話。

約漢　你是說她早就應該結婚了嗎？

貝立克　是的，而且是非常美滿的結婚。有好幾次，有很好的人向她求婚——你想眞奇怪吧，她不過是一個貧窮的女子，又不年靑了，而且又是一個非常平常的人。

約漢　平常的人？

貝立克　啊，我並不是以此責備她，反而我是最願意她是這個樣子下去的。我可以告訴你，你在像我們這樣大的家庭之中，有一個像她那樣有恆心的人——一個在任何時你都可以信賴的人，那總是非常好的事情．

約漢　不錯，但是她作些什麼呢？——

貝立克　她嗎？啊很好，她有許多於她有興趣的事；她有碧蒂，她有阿拉福和我．爲人在世，不應該首先想到他自己——而女人尤其不應該如此．不管大小，我們總有對於社會或家庭應作的工作．無論如何，這就是我的原則．（指着克拉普，他剛從右面進來．）你瞧，這就是現成的一個例子．你以爲現在吸引我的，完全是我自己的事情嗎？一點也不是．（興奮地向着克拉普．）怎麼樣啦？

克拉普（低聲說話，並拿出一束文件．）　這就是所有的契約，都弄好了．

貝立克　好極了！好極了！——那末，約漢，請你原諒我，暫時我不能在這裏陪你了．（低聲，並緊握着他的手．）謝謝你，約漢，謝謝你．你相信我好啦，凡是我能夠給你作的事情，我沒有不給你作的，這你自然懂得．隨我來，克拉普．（他們走進事務室．）

約漢（看着他們進房）　嗯！（轉身想到花園裏去，這時瑪莎從右面門口進來，臂上掛着一個小籃子。）瑪莎！

瑪莎　呀，約漢——是你嗎？

約漢　你出去這樣的早？

瑪莎　是的。你瞧；有人快要來啦。（向左邊的門口移動。）

約漢　瑪莎，你常是這樣忙迫嗎？

瑪莎　我忙？

約漢　昨天你好像盡力避免我，所以我簡直沒法同你講一句話——我們兩個老朋友。

瑪莎　唉，約漢；那是許多，許多年以前的事呀！

約漢　天呀！這是怎麼說的！還不過十五年罷了，不多不少的十五年。你以為我已經變了許多嗎？

瑪莎　你？哦是的，你也變了，雖然——

約漢　你是什麼意思？

瑪莎　啊，沒有什麽。

約漢　你好像不大歡喜再看見我似的。

瑪莎　我等了這樣長久，約漢——太長久了。

約漢　等了？等我回來嗎？

瑪莎　是的。

約漢　你爲什麽以爲我還會回來呢？

瑪莎　回來贖你過去所作的罪孽。

約漢　我？

瑪莎　你難道忘記了嗎？正是因爲你，一個女人纔貧困和恥辱到死。你又難道忘記了。正是因爲你，一個少女的靑春生活纔這樣痛苦的嗎？

約漢　你能向我說這樣的話？瑪莎，你的哥哥難道從沒有？——

瑪莎　從沒有什麽？

約漢　他從沒有——啊，我的意思是說，他竟從沒有說一句給我辯護的話嗎？

瑪莎　唉，約漢，你是知道嘉斯登的高尙的原則的。

約漢　啊自然；我是知道我的老朋友嘉斯登的高尙原則的！但事實上這是——好啦，算了吧。我剛纔還同他談了一回話。在我看起來，他好像大大的變了。

瑪莎　你怎能這樣的說呢？我知道嘉斯登一向是一個好人。

約漢　是的，但我的意思並不是指的這一點——不過這且不要去管牠吧。唉！我現在纔了解你對於我的觀念了，你所等待的，原來是一個回頭的浪子呵。

瑪莎　約漢，我現在要告訴你，我是用什麼觀念來看待你的。（向花園指着。）你看見那個在草地上同阿拉福玩着的姑娘嗎？那就是狄娜。你還記不記得，當你走時，你寫給我的那封不聯貫的信嗎？你要求我相信你。我是的確相信你的，約漢。自從你走了以後，就發生許多可怕的謠言，說你如何如何，我想這些事情你一定是受了人的欺騙——由於自己的缺乏思慮纔作出來的。

約漢　你是什麼意思？

瑪莎　嘆，你是非常懂得我的意思的——再用不着說一個字了。但是自然，你必須離開這裏並且開始一種新的生活。你在這裏所忘記盡的或者不能盡的義務，我都已經給你盡過了。我告訴你這一件事，爲的是你以後不致因爲這事而感着自咎。我可以說就是那個可憐的孩子的母親；我盡了一切力量把她教養成人。

約漢　我知道你爲了這件事，已經耗費了你的整個生命了。

瑪莎　那並不算是耗費。但是，約漢，你是回來得太遲咯！

約漢　瑪莎——假使我能夠告訴你——唉算了，不說吧；不過無論如何，且讓我感謝感謝你的忠實的友誼。

瑪莎（苦笑）　唉——罷了罷了，我們現在算是完了。別響，有人來咯。再會，我不能再在這裏待了。（從左面的門出去。諾娜從花園進來，貝立克夫人隨在後面。）

貝立克夫人　但是，嗳呀，諾娜——你在想些什麼呢？

諾娜　你別管，我告訴你！我一定要把這件事同他說一說。

貝立克夫人　但是，那纔是最難聽的事情啊！——呀，約漢——你還在這裏嗎？

諾娜　到外面去，我的孩子；不要待在房裏面；到花園裏去同狄娜玩去。

約漢　我正想這樣。

貝立克夫人　但是——

諾娜　聽我說吧，約漢——你曾經好好的觀察狄娜一番嗎？

約漢　我想是的。

諾娜　那末，我的孩子，特別留意的看顧她吧。她也許是適合於你的一個人！

貝立克夫人　但是，諾娜！

約漢　適合於我的一個人？

諾娜　是的，我以爲她是適合於你去看顧的人。到外面去吧！

約漢　哦，我是用不着任何催促的。（走下花園去。）

貝立克夫人　諾娜，你眞嚇了我一跳！我想你並不是怎樣認眞說的吧？

諾娜　當然是認眞說的。她不是可愛，健康和忠實嗎？她正是適合於作約漢的妻子。她正是他在美國所需要的人；她一定比一個老姐姐更能幫助他些。

貝立克夫人　狄娜嗎？狄娜·朶爾夫嗎？但是你得想想——

諾娜　我想的首先是約漢的快樂和幸福，因爲我必須幫助他；他對於那一類的事情並沒有多少知識；他對於婦女們的眼光是從來不行的。

貝立克夫人　他嗎？約漢嗎？我覺得我們所有的證據已經足夠證明——

諾娜　啊，那些愚蠢的故事只有鬼纔相信呢！嘉斯登在哪裏？我想同他說。

貝立克夫人　諾娜，你决不能這樣作，我告訴你！

諾娜　我現在就去這樣作。如果這孩子中意於她，而她也中意他，那末他們就應該配成一對。嘉斯登是這樣聰明的人，他必須設些法子來完成這事。

貝立克夫人　你以爲那些美國人的缺德，可以允許在這裏存在嗎？

諾娜　廢話，碧蒂！

貝立克夫人　你以爲像嘉斯登這樣的人，有他那樣嚴格的道德思想，會——

諾娜　哼！他並不是那樣的道德咧！

貝立克夫人　你怎麼有這樣大的膽子敢說？

諾娜　我當然有膽子敢說，嘉斯登並不見得比別人特別要道德一些。

貝立克夫人　你還是那樣深深的仇恨他嗎？如果你永遠不能忘記那件事情，那你又來這裏幹嗎呢？我眞不懂得，從前你給了他那樣可恥的侮辱，你現在怎麼還敢當面看他。

諾娜　不錯，碧蒂，那次眞是我的失態。

貝立克夫人　而且你想想看，他是怎樣寬宏大量的饒恕了你——他，一個從沒有作過什麼錯事的人！你自作多情，那可並不是他的錯處。但是從那時候起，你又常常恨起我了。（猝然下淚。）你總是嫉妬我的幸運。而你這次的回家，不外想把一切都加在我的頭上——讓全城的人都知道，我是怎樣辱沒了嘉斯登的家聲。是的，一切都得落在我的身上，而這正是你所願意的。啊，你眞可惡！（從左門含淚而出。）

諾娜（從後望着她）　可憐的碧蒂！（貝立克從他的房間上。在門口向克拉普說話。）

貝立克　是的，那好極啦，克拉普——好極了！送二十鎊給窮人救濟會去。（轉身。）諾娜！（走近。）你一個人嗎？碧蒂沒有進來嗎？

諾娜　沒有。我去喊她好嗎？

貝立克　不，不——不要喊她。啊，諾娜，當我向你懇求了你的饒恕以後，你眞不知道我是多麼渴望開誠公布的同你談一回話呢！

諾娜　嘉斯登——我們用不着感情用事；那不適宜於我們。

貝立克　你必須聽我說，諾娜。你既然知道了關於狄娜母親的一切事情，我當然知道你是怎樣的不滿意我。但是我敢向你發誓，那不過是我一時的糊塗；事實上，我曾經誠心誠意愛過你。

諾娜　你想我爲什麼回來呢？

貝立克　不管你心裏存什麼想頭，我懇求你，總要讓我有機會來贖我自己的錯過．這我作得到的，諾娜；無論如何我一定能夠補救自己所作的錯誤．

諾娜　你現在也害怕啦．你說你曾經愛過我．不錯，你在信上是常常這樣向我說過的；你那時所說的話，也許有幾分眞誠，因爲那時你還在那自由偉大的世界之內接受自由新鮮的思想．或者你那時在我身上，看出了有比此地多數人的身上更多的品格，更強一點的意志和獨立性吧．那時我們之間的關係還是保持祕密的；所以沒有人能夠了解你的鄙陋．

貝立克　諾娜，你怎能想到？——

諾娜　但是當你從外國回來時——當你聽見各方面向我誹笑時——當你看見別人是怎樣嘲弄我，說什麼我的荒謬時——

貝立克　那時候你是獨立孤行，不管別人的意見的．

諾娜　不錯，但我主要的是要向那班裝模作樣的假正經的女子挑戰，這班女人是隨處都可碰到的，我實在厭惡她們。而後來，當你遇着那個妖惑的女戲子時——

貝立克　那不過是少年時的一種輕狂而已；我向你發誓，在那些謠言和閒話之中，連十分之一的眞情也沒有。

諾娜　也許是這樣。但是後來，當碧蒂回家時——她是一個受着衆人崇拜的漂亮的少女——並且大家知道，她將繼承她的姑母的一切遺產，而我則一個銅板也得不到——

貝立克　問題正在那裏，諾娜；現在你用不着旁敲側擊了，我把眞情完全告訴你好啦。那時我並不愛碧蒂；我也沒有因爲新的戀愛而想毀棄我倆之間的婚約。那完全是爲着金錢的關係。我需要錢；所以我非弄到錢不可。

諾娜　你竟有顏面向我說這些話嗎？

貝立克　是的，我有。你聽，諾娜——

諾娜　可是你寫信給我時，說是對於碧蒂之不可遏制的熱情完全征服了你，所以你請求我的原諒，要求我爲了碧蒂的原故，不要把我倆之間的關係說出來。

貝立克　我不能不那樣寫，我老實告訴你。

諾娜　現在當着天說，我那次失態打了你一記耳光，我是一點也不後悔哩！

貝立克　讓我把那時我的處境，一一都告訴你吧。我的母親，你大概還記得，那時她正主持着公司裏的一切業務，可是她卻一點商業上的才能也沒有。她急急地把我從巴黎召喚回來；時機是非常的緊迫，而一切事情又有待於我來整理。我發現了什麼呢？我發現——這一點我希望你無論如何給我保守祕密——我發現我的家庭那時已經瀕於破產之境。是的，你想想看，這個三代興盛的可尊敬的家庭！實際上已經瀕於破產之境！我既然是這家庭的兒子——而且是唯一的兒子，那末除了想法挽救牠以外，我還能作什麼別的事情呢？

諾娜　這樣所以你就犧牲一個女子，來挽救你們貝家的命運。

貝立克　你總該知道碧蒂那時是愛着我的。

諾娜 但是我呢！

貝立克 請你相信我，諾娜，如果我們兩人果然結婚了，你是決不會得着什麼快樂的。

諾娜 那末你之犧牲我，完全是爲着我的快樂設想了！

貝立克 你以爲我那種行爲，是出於自私的動機嗎？如果我那時只是一個人，並沒有什麼牽累，那我一定很有勇氣的來從頭再作起。但是，你不懂得一個商人既有了重大的責任，那他的運命與他所繼承的商業就緊緊的連在一起了。你知不知道幾百人——甚至於幾千人——的興旺或破產，都決定於他嗎？如果我們貝家倒臺了，那你和我所共同生息的社會，將受到最危險的影響，你難道不能看到這件事實嗎？

諾娜 那末，就是爲着社會的原故，所以這十五年以來，你纔把你的地位維持在一個謊言之上嗎？

貝立克 在一個謊言之上？

諾娜 碧蒂知不知道你和她的結合之下，隱藏了這一切呢？

貝立克　你以爲我會無原無故的說出眞情，以傷她的感情嗎？

諾娜　你說無原無故嗎？好，好——你是個商業上的人物；你應該知道什麼是有原故的。但是聽我說，嘉斯登——我現在要把一切眞情都說出來啦。告訴我，你是眞快樂嗎？

貝立克　你說的是我的家庭生活嗎？

諾娜　是的。

貝立克　在家庭生活方面，我的確快樂，諾娜。你之爲我而犧牲，對於我並不是沒有好處的。我可以誠懇的說，我是一年一年的更加快樂。碧蒂不僅溫柔，而且非常賢慧；如果我告訴你，在這些年中她如何的學得按照我的路線來修身行事，那——

諾娜　哼！

貝立克　自然，在開初她對於愛情還有許多浪漫的幻想；愛情必須逐漸的成爲平靜的夫妻關係這一理想，她是不能與之調和的。

諾娜　但是她現在同那種理想完全調和了嗎？

貝立克　絕對的。你可以想像得到，我和她日常的接觸，對於她的性格之發展，是有不小的影響的。如果每一個人的生活，要對得起他所屬的社會，那他必須學得謙下為懷，盡量減少自己的自負纔行。而在碧蒂方面，她已逐漸的學懂了這層道理；所以我的家庭，現在已成了我們市民同胞的模範。

諾娜　但是你的市民同胞並不知道那個謊言啊！

貝立克　那個謊言？

諾娜　是的——這十五年以來，你所堅持不放的那個謊言。

貝立克　你打算把那事叫作？——

諾娜　是的，我叫牠作謊言——而且是三層的謊言；首先是對於我的謊言，其次是對於碧蒂的謊言，再其次是對於約漢的謊言。

貝立克　碧蒂從來沒有要求我說過。

諾娜　這是因為她一點也不知道的原故。

貝立克　爲着碧蒂的原故，我想你也不致於要我說吧。

諾娜　哦，不——我要盡量容忍別人的嘲笑；我的肚量是寬大的。

貝立克　約漢也不致於要求我說吧；這一點他已經應允我了。

諾娜　但是你自己呢，嘉斯登？難道在你的內心中間，竟沒有一種力量推動你擺脫這個謊言的束縛嗎？你自己一點也不感覺內疚嗎？

貝立克　你以爲我會自願的犧牲我的家庭幸福和我的社會地位嗎？

諾娜　你又有什麼權利保持你所佔據的地位呢？

貝立克　在這十五年之中，由於我的行動，由於我的工作的結果，每過一天我就多獲得一點保持自己地位的權利。

諾娜　不錯，爲着你自己和爲着別人，你的工作都得着不少的結果。你是這城裏最富足和最有勢力的人；一般人除了服從你的意志以外，就不敢作別的事，因爲別人把你看成一個毫無缺點毫無過失的人；你的家庭被人認爲模範的家庭，你的行動被人認爲模範的行動。但是這一切的榮華富貴，以及你自己本身，都建築在一個糟糕的泥坑之上。將來總會有個時候，只要一句話一說——你和你的榮華富貴就會陷在泥坑裏，如果你不及時的挽救你自己的話。

貝立克　諾娜——你這次回來究竟想幹什麼呢？

諾娜　我想幫助你在穩固的基礎上站穩你的脚步，嘉斯登。

貝立克　報仇！——你要報你自己的仇！我料到了你這一着。但是你不會成功的！這裏只有一個人有力量說話，可是他不會說的。

諾娜　你說的是約漢嗎？

貝立克　是的，約漢。如果別人非難我，我就乾脆的否認一切。如果誰個想壓倒我，我就爲我的生命奮鬥。但是讓我告訴你，你是永遠不會成功的！那個可以打倒我的人是不會說話的——而且他也快要走了。

（曾麥爾與維格蘭從右面進來。）

魯麥爾　晨安，我親愛的貝立克，晨安。你一定要同我們一道到商會裏去一去。你知道，那裏有一個討論鐵路計劃的會議。

貝立克　我不能。我現在不能去。

維格蘭　你一定要去，貝立克先生。

魯麥爾　你一定得去，貝立克。有人着手在反對我們。哈默以及那些想着沿海岸建築鐵路的人，聲言新計劃是少數人自私自利的企圖。

貝立克　如果是那樣，給他們解釋——

維格蘭　解釋也沒有效果，貝立克先生。

魯麥爾　你知道，你必須自己去。自然，決沒有人敢懷疑你有什麽自私的動機。

諾娜　不錯，我也這樣想。

貝立克　我不能，我告訴你；我不大舒服。或者，無論如何，請你們稍等一等——等我鎮定一下心神。（羅魯德從右門進。）

羅魯德　原諒我，貝立克先生，我眞非常的難過。

貝立克　爲什麼，你有什麼事？

羅魯德　我必須問你一個問題，貝立克先生。是不是得到了你的允許，一個受着你的庇護的少女竟在街上同一個人——

諾娜　同一個什麼人，牧師先生？

羅魯德　同一個人，這個人她是應該遠遠的避開的！

諾娜　哈！哈！

羅魯德　這是得着你的同意的嗎，貝立克先生？

貝立克（尋找他的帽子和手套）　這事我一點也不知道。請你原諒我；我現在忙得很，我有事要到商會裏去。

（希爾馬從花園裏進來，走到左面靠後的門口。）

希爾馬　碧蒂，碧蒂，我有話同你說。

貝立克夫人（走到門口） 什麼事？

希爾馬 你必須到花園裏去一去，打斷某人和狄娜在那裏胡謅吧！聽着那些話，我的腦筋難受極了。

諾娜 眞有這事！那個某人又說些什麼呢？

希爾馬 啊，他說他希望狄娜同他一道到美國去。唉！

羅魯德 眞的嗎？

貝立克夫人 你說什麼，希爾馬？

諾娜 那纔眞好咧！

貝立克 不會的，希爾馬！你也許聽錯了。

希爾馬 那末你自己去問他吧。嗯，他們一對來了。只請你不要說是我說的。

貝立克 （向魯麥爾與維格蘭）你們先請，我隨後就來。（魯麥爾與維格蘭從右面出去。約漢與狄娜從花園上。）

約漢　我眞快活，諾娜，她願同我們去了。

貝立克夫人　但是約漢——你發了瘋嗎？

羅魯德　我能相信我自己的耳朵嗎？這樣可恥的事情你究竟用什麼樣的誘惑手段

約漢　呸呸——你說什麼？

羅魯德　答覆我，狄娜；你打算這樣作——是完全出於你自己的自由意志嗎？

狄娜　我一定要離開此地。

羅魯德　但是同他走嗎！——同他走嗎！

狄娜　你能不能告訴我，此地還有什麼別的人有膽量敢帶我走呢？

羅魯德　很好很好，那末——我就告訴你他是個什麼人。

約漢　不許你說！

貝立克　再不要說略！

羅魯德 如果我不說，那我就不配在這個社會上服務，因爲我是個教育家，我不能眼睜睜的看着道德淪亡，並且那樣我也對不起這個少女，對於她的教育我是盡過相當的力量，而且她是我——

約漢 當心你現在究竟在幹什麽！

羅魯德 我一定要告訴她！狄娜，這個人就是造成你的母親的不幸和羞辱的人。

貝立克 羅魯德先生？——

狄娜 是他！（向約漢）這是眞的嗎？

約漢 嘉斯登，請你答覆。

貝立克 再不要說啦！關於這事我們今天再也不要多說一句啦。

狄娜 那末這事是眞的咯！

羅魯德 是的，牠是眞的。並且還不止此——這個人，你剛纔還相信的這個人，並不是空手出門的；你問問他，貝立克老夫人的錢到哪裏去了——這事貝立克先生能夠作證的！

諾娜　你是個說謊者！

貝立克　唉！

貝立克夫人　天呀！天呀！

約漢（揚起手臂，衝到羅魯德跟前）你敢——

諾娜（拉住他）用不着打他，約漢！

羅魯德　好得很，打我！但是事情終會暴露出來的；那事是千眞萬確的——貝立克先生已經承認過，而且全城的人都知道的。現在，狄娜，你知道他了。（沈默片刻。）

約漢（溫柔地握住貝立克的手膀）嘉斯登，嘉斯登，你究竟說了些什麼呢？

貝立克夫人（流淚）啊，嘉斯登，我竟使你蒙着這樣一些的恥辱！

薩德斯坦（慌忙的從右面上，大叫，一隻手還放在門柄上。）你現在必須要來啦，貝立克先生，整個鐵路的命運，現在正在千鈞一髮的時候了。

貝立克（茫然）　什麼事？我必須什麼——

諾娜（誠懇語氣沈重）你必須去作社會棟樑，妹夫.

薩德斯坦　是的，快來吧.我們這方面正需要你的優越的道德壓力.

約漢（向貝立克旁白）嘉斯登，我們明天必得說一說這件事情.（走出花園，貝立克目瞪口呆的與薩德斯坦從右門出去.）

第三幕

（佈景：同一房間。貝立克手持一棍，顯然在大發怒，從左邊靠後的門口走出來，門半開着。）

貝立克（與他的妻子說話，她在另一房間內）　哼！我是結結實實的打了他一頓好的；我想他不致於忘記這一頓打吧！你說什麼？——你眞是一個無見識的母親！你爲他造出許多藉口，縱容他的一切頑皮流氓的行爲。——不是流氓行爲？那末，你叫這種行爲作什麼呢？夜晚溜出去，到漁船上去釣魚，白天成天的都在外面跑，當我現在有這許多麻煩事情的時候，他還害得我這樣的操心！並且這個小流氓還敢恐嚇我們，說他要逃跑！讓他試試看！——你以爲不會嗎？哼，纔會咧！你反正是不大注意他的事情的。我相信，如果他鬧出了什麼亂子！——　哼，你以爲他不會鬧亂子嗎？我在世間上還有許多未完成的工作；我不願意沒有後人來繼續我的事業。——現在，碧蒂，你不要反對；就照我說的辦——關在房間內，不准他出一步門．（傾耳而聽．）別說了；有人來啦，不要讓別人看出什麽事．（克拉普從右面進來．）

克拉普　我可以打擾你一刻嗎，貝立克先生？

貝立克（丟開棍子）　當然，當然．你是從工廠裏來的嗎？

克拉普　是的．嗯！

貝立克　怎麽？「棕樹」號沒有出什麽岔子嗎？

克拉普　「棕樹」號明天就可以下水了，但是——

貝立克　那末，「印度姑娘」號有什麽問題咯？我本有點懷疑那個頑固的人——

克拉普　「印度姑娘」號明天也可以下水；但是，我相信牠一定走不遠．

貝立克　爲什麽？

克拉普　請原諒我，先生；那個門開着，我想裏面有什麽人——

貝立克（關門）　呀！那末有什麽別人不能聽的事情嗎？

克拉普　就是這件事——我相信奧納有意使「印度姑娘」號開行以後，連船帶人都沈到海底去。

貝立克　天呀！——你怎麼想到這一層？

克拉普　我不能有別的想法，先生。

貝立克　那末，趕快告訴我，究竟——

克拉普　我自然要告訴你。你知道，自從我們裝上新機器和換了新工人以來，工廠裏的工作不是進行的很慢嗎？

貝立克　是的，是的。

克拉普　但是今天早晨，當我到工廠去看的時候，我就注意到那隻美國船的修理工作，是進行得異常之快；船底的那個大洞——那朽爛的一部分，你知道——

貝立克　是的，是的——那朽爛的一部分怎麼樣啦？

克拉普　完全修好了——在各方面都已經修得好好的——看起來簡直像新的一樣。

我聽說奧納自己昨天整夜在那裏點起燈修理。

貝立克　是的，是的——那末又怎樣呢？

克拉普　我把這事在腦筋中稍微想了一下；那時工人都去吃早飯去了，所以我有機會把船視察一週，裏裏外外的都看到了，並沒有一個人看見我。我從貨艙走到船底去，於是我知道其中的底細了。我覺得有些非常可疑之點，貝立克先生。

貝立克　這我不能相信，克拉普。我不能而且不願相信奧納會作出這種事。

克拉普　我很抱歉——但事情卻容易明白，的確有令人可疑之處。就我所能看見的來說，並沒有用什麼新的材料，只是塞一塞補一補的馬馬虎虎的修理一下，隨後則用油布帆布這一類的東西把牠抱紮起來罷了——完全是敷衍了事。「印度姑娘」號永遠不會達到紐約；牠會像一個破鍋子一樣的沈到海裏去。

貝立克　這是多麼可怕！但是，你猜他是什麼目的呢？

克拉普　大概他是想毀壞機器的信用——想報他的仇——想逼迫你再收用那些老

工人。

貝立克　爲着這樣的目的，他竟願意犧牲船上的一切人命嗎？

克拉普　有一天他說，「印度姑娘」號上並沒有人——只是些野獸。

貝立克　但是且不管這一點，船若破了，所損失的資本是多麼鉅大，難道他這也不顧及嗎？

克拉普　貝立克先生，奧納對於資本的眼光，是不很友誼的。

貝立克　那完全是眞的；他是個煽動家，是個搗亂分子，但是像這樣一種喪盡天良的事。——你聽我說，克拉普；你必須再去調查一次，不要走漏一點風聲。如果有人聽到這種消息，我們工廠的名譽便糟了。

克拉普　自然自然，但是——

貝立克　當工人們去吃午飯的時候，你必須設法再到底下去一趟；這事我得絕對拿得穩纔行。

克拉普　我一定告訴你確實的消息，先生；但是，原諒我，調查出來以後怎麼辦呢？

貝立克　自然報告出來。我們不能讓我們自己成爲這種罪惡的同謀者。我的良心不容許我縱容這一類的事情。此外，我們把這事報告出來，可以在輿論方面和一般公衆方面發生好的印象：我是只顧司法正義的尊嚴，而拋開一切個人的利益的。

克拉普　一點不錯，貝立克先生。

貝立克　但是首先我必須絕對拿得穩。同時，你無論如何不要漏出一個字來——

克拉普　決不會洩漏一個字的，先生。我一定確實的去調查一下。（從花園走到街上。）

貝立克（半高聲。）　可怕啊！——但是這是不會有的！——簡直不可想像呀！

（當他轉身預備走進他的事務室時，希爾馬從右面進來。）

希爾馬　晨安，嘉斯登。你昨天在商會會議上得了勝利，讓我恭賀你。

貝立克　謝謝你。

希爾馬　聽說是非常光榮的勝利；這是聰明的公益心對於自私和偏見之勝利——有

點像法蘭西的軍隊對加比勒斯人的勝利一樣昨天在發生那樣不痛快的事情以後，你還能得到那樣的勝利，眞令人驚奇。

貝立克　是的，是的——你說的一點不錯。

希爾馬　但是決定的鬬爭似乎還沒有開始。

貝立克　你說的鐵路上的事情嗎？

希爾馬　是的；我想你大概知道哈獸正在搗亂吧？

貝立克（不安）　不知道，搗什麽亂？

希爾馬　哦，他完全爲外面的謠言所惑，並且還準備寫一篇文章。

貝立克　什麽謠言？

希爾馬　自然是關於購買地產的事情。

貝立克　什麽？有這一類的謠言流行嗎？

希爾馬　滿城都傳遍了。我是在俱樂部聽來的。他們說，我們城裏有一個律師，得着什麽人的委託去收買一切森林，一切礦地，一切瀑布——

貝立克　他們沒說這是爲誰收買的吧？

希爾馬　在俱樂部他們以爲這是別的城市裏的什麽公司收買的，這公司大概風聞到你所着手的計劃，所以趕快在地產沒有漲價以前把牠收買起來。這不是非常可鄙的嗎？——唉！

貝立克　可鄙？

希爾馬　是的，我們的事業，竟教別人來染指！而我們本城裏這個律師，竟也賣鄉求榮，幫助這樣的陰謀！將來一切的利益都要被外人拿去！

貝立克　但是，這不過是種無稽的謠言罷了。

希爾馬　可是大家都相信牠，而明天或後天，哈默一定會把牠當作事實在報上宣佈出來。大家都已經感覺到憤憤不平。我聽見有幾個人說，如果謠言證實了，他們就要宣佈退股。

貝立克　不會的；

希爾馬　怎麼不會？你爲什麼相信這班利慾薰心的人，會這樣誠意的同你舉辦實業呢？你難道不知道他們所追逐的只是利潤——

貝立克　我敢說，那一定不會的；在我們這個小社會之中，公益心倒是很豐富的。

希爾馬　我們的社會之中？自然，你是一個樂觀主義者，所以你拿你自己的心來衡量別人。但是我，我是一個有相當經驗的旁觀者！——在這地方沒有一個人——自然，除掉我們以外——沒有一個人能夠舉起理想的旗幟。（走向走廊。）唉，我看見他們來啦！

貝立克　看見什麼人？

希爾馬　我們那兩位從美國回來的寶貝。（向右面望去。）那個同他們在一道走的是什麼人呢？一定是「印度姑娘」號的船長，唉！

貝立克　他們怎能同他在一起呢？

希爾馬　噢，他正適合於作他們的朋友。他看起來好像曾經作過海賊和奴隸商人一樣；

而且他大概也知道他們兩個這幾年之中所幹的把戲．

貝立克　你這樣懷疑他們，我覺得是太不公平了．

希爾馬　是的——你是一個樂觀主義者．現在他們來啦，又要壓服我們啦；所以我還是早點走開的好．（走向左面的門．諾娜從右面進來．）

諾娜　噢，希爾馬，我一來你就走嗎？

希爾馬　一點也不是；我實在是忙得很！我要同碧蒂有句話說．（走進左邊靠後的門．）

貝立克（沈默片刻）　諾娜？

諾娜　什麼？

貝立克　你今天以爲我怎樣？

諾娜　還是同昨天一樣．多少還是靠謊言——

貝立克　我必須向你說明一下．約漢到什麼地方去了？

諾娜　他快來啦；他有事去看一個人去了．

貝立克　自從你昨天聽了那番話以後，我想你總知道，如果事情的眞相弄出來了，我的整個生活便完全毀了。

諾娜　是的，我知道這一點。

貝立克　這裏的人所喧嚷的那樁罪惡，按理我是沒有一點關係的。

諾娜　按理你是沒有關係！但是錢是誰偸的呢？

貝立克　並沒有誰偸錢——一個銅板也沒有失掉。

諾娜　那究竟是回什麼事呢？

貝立克　我告訴你，一個銅板也沒有失掉。

諾娜　但是那些謠言呢？爲什麼那些可恥的謠言說約漢——

貝立克　諾娜，我過去不能向任何人講的話，我現在覺得可以向你講了。我不願向你隱瞞任何事情了。這個謠言之散佈，我是要負一部分罪責的。

諾娜　你？你能那樣對待一個爲你犧牲的人嗎？

貝立克　請你且慢點責備我，你得想想我那時所處的境況．這我在昨天已經告訴過你了．我從外國回來的時候，我的母親正爲一大堆債務所累，弄得一點沒有辦法；我們在各方面的運氣都不好——災難與不幸，簡直好像雨一般的降臨到我們的頭上，我們的家庭差不多快破產了．那時我一半是冒失，而一半也是絕望．諾娜，我相信那主要的是爲了減少自己的痛苦，所以自己纔索性放蕩胡來，作出那種糊塗的事情，害得約漢爲我受罪出門，

諾娜　嗯！

貝立克　你可料想得到，在他和你走了以後，於是各種各色的謠言都發生了．有人說他所作的壞事，還不止那一樁哩；有人說朵爾夫得着一大筆錢，所以不作聲的走了；又有人說她得了那筆錢．同時，我們的家庭很明顯的是無法應付一切的債務．所以那班造謠生事的人就把這兩件事情扯到一起，還有比這更自然的事情嗎？並且因爲那個女人還繼續住在這裏，生活又很苦，所以人家又說約漢把錢帶到美國去了；每一次人家

都說出數目，並且越說越大。

諾娜　而你呢，嘉斯登？——

貝立克　我就抓住這個謠言，像一個快溺死的人抓着一根草一樣。

諾娜　你就幫助謠言的散佈嗎？

貝立克　我並沒有反駁牠。我們的債主一天天的緊逼，那時我得設法去應付他們。所以結果對於我們公司的信用，漸漸沒有人懷疑了；他們說我們是被暫時的不幸所打擊，所以用不着來過分逼迫我們，只要給我們一點時間的寬限，將來每個債主都可全數收回他們的債款的。

諾娜　後來每個債主的債款，你都全數償還了嗎？

貝立克　是的，諾娜，那個謠言救了我的家庭，並且造成了我現在的地位。

諾娜　這就是說，一個謊言造成你現在的地位。

貝立克　那時牠對於什麽人有妨害呢？並且約翰自己打算永遠不再回家的。

諾娜　你問牠妨害了什麽人，那末你告訴我，你捫心自問，牠是否傷害了你自己呢？

貝立克　你無論觀察什麽人的心裏，你總可以在每個人的心中，最少要找出一點他所不能告人的汙點。

諾娜　可是你們卻自命爲社會的棟樑呀！

貝立克　社會並沒有更好的棟樑。

諾娜　那麽這樣一種社會維不維持下去又有什麽關係呢？牠的內容究竟是些什麽東西呢？全是虛僞與說謊——再沒有別的了。就如你吧，你是本城的第一個人物，過的是榮華富貴的生活，有權又有勢——可是你，你卻把一件罪名加在一個無辜的人身上。

貝立克　你以爲我對於這件對不起他的事，不深深的感覺到內疚嗎？你以爲我不準備設法給他補救嗎？

諾娜　怎樣補救？把眞相說出來嗎？

貝立克　你難道有那樣狠心，一定要我那樣嗎？

諾娜　像這樣一件罪過，還能有別的補救辦法嗎？

貝立克　我現在頗為富有，諾娜；約漢隨便要多少錢，我都——

諾娜　是的，用錢報酬他，你看他會說出什麽話吧。

貝立克　你知道他想作什麽呢？

諾娜　不知道，自從昨天以來，他就非常沈默。他看起來，好像是一下子就變成了一個成年人一樣。

貝立克　我一定要同他談一回話。

諾娜　哦，他來啦。（約漢從右面進來。）

貝立克（走近他）　約漢！——

約漢（用手揮開他）　首先聽我說。昨天早晨我對你申言，說我願意為你而保持緘默。

貝立克　是的，你說過。

約漢　但是那時我並不知道——

貝立克　約漢，只請你讓我說一兩句話，來解釋解釋當時的情形——

約漢　不用解釋；我現在完全懂得那時的情形了。你們的公司正在危險之中，我已經走了，所以你就可以任意處置我的無保障的名字和名譽。雖然如此，你過去所作的那些事，我也並不想怎樣的責備你；因爲那些時候，你我都還年靑和缺乏思慮。但是現在我需要眞理，所以你必須把眞相說出來。

貝立克　可是正當現在這個時候，我最需要道德的名譽，我是萬萬不能說出來的。

約漢　你對我所傳播的謠言，我倒不大注意；你該受責備的乃是另外一件事情。我要娶狄娜作妻子，並且我還打算同她住在這裏——就在這個城裏。

諾娜　你打算這樣作嗎？

貝立克　同狄娜嗎？娶狄娜作你的妻子嗎？——並且還住在本城嗎？

約漢　是的，就住在這裏，決不到別的地方去。我打算住在這裏，反抗一切說謊者和毀謗者。但是你得先洗刷我的罪名，我纔能得着她的愛。

貝立克　你會想到，如果我承認了這一件事，豈不是必然要連帶的負那一件事的責任嗎？你也許說，我可以用簿記來證明並沒有發生過失竊的事情？但是我不能夠；在那時候，我們的簿記還是管理得很不正確。並且縱令我能夠拿出簿記來，又有什麼用處呢？難道我要教社會指責我：說我曾經用過虛僞的辦法挽救了自己，說我十五年以來讓這虛僞及其一切後果保存下來而一點不知懺悔嗎？你不大了解我們的社會，否則你一定知道這樣一來我便完全毀了。

約漢　那我全不管，我只知道我要娶棐爾夫夫人的女兒作我的妻子，並且同她住在這個城裏。

貝立克（揩拭額上的汗）　聽我說，約漢——你也聽我說，諾娜。我現在所處的環境是非常的特殊。我是處在這樣一個地位，如果你給了我這個打擊，那你不僅毀壞了我，而且也毀壞了擺在我們社會前面的最有幸福的將來，約漢，這個社會畢竟是你兒童時代的故鄉呀。

約漢　可是我若不給你這個打擊，那我無異是用自己的手，來毀壞自己將來的一切快樂。

諾娜　你說下去，嘉斯登。

貝立克　那末我就告訴你們。這是與鐵路計劃有關係的，而整個的事情也並不如你們所想的那樣簡單。我想你們大概聽見說吧，去年有人計劃沿海岸築一條鐵路。許多有勢力的人都贊成這個計劃——城裏的和郊外的人，特別是新開界都加以附和；但是我設法把這個計劃打消了，其原因就是這條路若修成了，一定要妨害我們沿海一帶輪船的生意。

諾娜　在輪船方面你也投過資嗎？

貝立克　是的。但是沒有人敢懷疑到那一點；我的榮譽保障着我，所以別人無論如何也懷疑不到我。爲着那椿事，我本可以忍受損失的；但是這地方卻不能忍受那件損失。所以纔決定修一條內地鐵路。只要那一條路一修成了，我拿得穩——請你們切不要走漏一點信息——一定可以修一條通到本城的支線。

諾娜　爲什麼你一點也沒有說過呢，嘉斯登？

貝立克　你們有沒有聽到謠言，說有人大規模的購買森林，礦地和瀑布呢？

約漢　聽到過，這顯然是別個城市的什麼公司——

貝立克　按照現在這些地產所處的位置來說，地產主是得不到多大利益的；所以現在這些地產的賣價還非常之賤。如果等到支線的計劃開始討論的時候，那地產主一定就會提出嚇人的價格來。

諾娜　不錯，那末又怎樣呢？

貝立克　現在我預備告訴你們一件事，這事是可以有幾種不同的解釋的——這事之在我們社會上，是無人願意坦白承認的，除非他有不墮的榮譽作他的基礎。

諾娜　什麼事呢？

貝立克　那大規模收買地產的人正是我。

諾娜　是你！

約漢　只是你一個人嗎？

貝立克　只我一個人。如果支線的計劃實現了，我就是個百萬富翁；如果失敗，那我就完了。

諾娜　這眞是個大冒險，嘉斯登。

貝立克　我把我的整個財產，都冒險在牠上面了。

諾娜　我倒不是想到你的什麽財產；而是想到如果這事被人知道了——

貝立克　是的，那是非常危險的。以我過去所享的潔白無疵的名譽來說，我能擔當得起這整個的事情，我能把牠執行到底並向一般市民說道：『看吧，爲了社會的利益，我已經負起這種艱難的責任了。』

諾娜　爲了社會的利益？

貝立克　是的，沒有一個人會懷疑到我的動機的。

諾娜　但是別的人呢？他們參預這件事情，並沒有自私的動機和目的嗎？

貝立克　哪一些人？

諾娜　還用得着問嗎，自然是魯麥爾，薩德斯坦和維格蘭。

貝立克　爲着使他們加入我這方面，我不得不讓他們知道這個祕密。

諾娜　他們也在數？

貝立克　他們規定分攤利潤的五分之一。

諾娜　啊，這一羣社會的棟樑！

貝立克　難道這不是社會本身逼得我們用這些遮遮掩掩的手段嗎？如果我不祕密的進行，那能行嗎？那末每個人都要參預這件事情；整個的事情就會分散，就會弄糟糕了。這城裏除了我以外，再沒有一個人能夠指導像這樣大的事業。在我們國內，幾乎沒有例外，只有住在此地的外國人，纔有經營大企業的才能。這就是爲什麼，我覺得雖然作了這件祕密的事情，我的良心是毫無愧的。只有在我的手裏，這些地產纔能成爲那些生活艱難的許多勞動者的眞正幸福。

諾娜　我相信你在這上面是對的，嘉斯登。

約漢　但是我與那許多人有什麽相干？我自己生活的快樂正在危險當中。

貝立克　你的故鄉的幸福，也同樣在危險當中啊！如果我早年的行爲宣佈出來，那所有反對我的人會聯合起來攻擊我。在我們的社會上，就是青年時代的愚行也不會邀得人的原諒的。他們一定追究到我過去的整個生活，並且還要加上無數的故事，按照他們的目光加以愃染和誇張；我會在毀謗和謠言的壓力之下被他們打倒。我會被迫放棄鐵路的計劃；而且，只要我一放手，那什麽都完了，我便完全破產，而我的一個有榮譽的市民的生命也就完了。

諾娜　約漢，我覺得我們聽了他剛纔這番話以後，你應該離開這裏，並且保守這祕密不要宣佈。

貝立克　是的，是的，約漢——你應該這樣！

約漢　我現在願意離開這裏，也願意保守祕密；但是我將來要回來的，那時我就要說出來。

貝立克　請你就住在那邊吧，約漢；請你千萬不要說，我願意同你共享——

約漢　我不要你的錢，我要你償還我的名譽。

貝立克　那只有犧牲我的名譽了！

約漢　你和你的社會，應該想個最好的法子，來避免那一點。但在我這方面，我必須得着狄娜作我的妻子。所以我準備明天就坐「印度姑娘」號動身——

貝立克　坐「印度姑娘」號嗎？

約漢　是的。那個船長答應帶我走。我要按照我自己說的話行事，我先到美國去，把我的田地通通賣掉，把各種事情整理整理。兩個月以內我就回來。

貝立克　那時你就要說出來嗎？

約漢　那時犯了罪的人就應該自己承罪。

貝立克　你難道忘記了，如果那樣，我還必須承認那些不是我所作的罪過嗎？

約漢　但是這十五年以來，是誰靠着這個可恥的謠言起家的呢？

貝立克　那你就把我逼到絕境了！好，如果你眞要說，那我就否認一切！我就說這是反對我的一種陰謀——說你回來是爲着敲詐我！

諾娜　那纔可恥啊，嘉斯登！

貝立克　我是處在絕境裏，我告訴你們，我要爲我的身家性命奮鬬。我要否認一切——否認一切！

約漢　可是我留着你的兩封信。我在箱子裏找着的。今天早上我又重讀了一次；那些信是非常明白的。

貝立克　你眞要發表那兩封信嗎？

約漢　如果到了必要的時候。

貝立克　你在兩個月之內一定回來嗎？

約漢　我希望這樣現在的氣候很好，三個禮拜以內我就可以到紐約——如果「印度姑娘」號不沈到海底的話。

貝立克（一驚）　沈到海底？爲什麼「印度姑娘」號會沈到海底呢？

約漢　一點不錯——牠怎會好好的沈到海底呢？

貝立克（聲音低得幾乎聽不見）　沈到海底？

約漢　現在，嘉斯登，你知道你自己目前所處的境地了。你得找你自己的出路。再會吧！你可以爲我向碧蒂告別，雖然她從沒有把我看作她的兄弟。但是我必須去看看瑪莎。請她告訴狄娜——她得應允我——（從左邊靠後的門出去。）

貝立克（自語）　「印度姑娘」號？——（急促。）諾娜，你必須阻止這件事！

諾娜　你自己去想法吧，嘉斯登——我已經再不能影響他了。（跟着約漢走進另一房間內。）

貝立克（爲憂慮不安所苦）　沈到海底？

（奧納從右邊進來）

奧納　對不起，先生，我是否可以——

貝立克（憤怒地轉身）　幹什麼？

奧納　先生，我不知道是否可以問你一件事情。

貝立克　那末，快說快說。什麼事？

奧納　我想問一問，如果「印度姑娘」號明天果眞不能下水，那你是否一定——絕對的一定——把我開除出廠呢？

貝立克　你是什麼意思？船可以下水嗎？

奧納　是的，可以下水。但是假定牠明天還不能下水，那你一定要開除我嗎？

貝立克　你問這些無謂的問題有什麼用處呢？

奧納　我只想知道知道罷了，先生。你可以答覆我嗎？若果不能下水，你一定要開除我嗎？

貝立克　我說的話，難道是隨便說着玩的嗎？

奥納　那末明天我就要失掉我在家庭和親友中的地位，失掉我對於本階級的人的影響，失掉一切爲社會上更貧困的人們謀幸福的機會嗎？

貝立克　奥納，這些問題我們昨天都討論過了。

奥納　不錯不錯——那末「印度姑娘」號明天一定可以下水。

（片刻的沈默。）

貝立克　你知道——我的眼睛是不能到處都注意到的——我不能什麽事情都管。我想你總可以給我保證，修理工作是進行得很週到的嗎？

奥納　貝立克先生，你給我的期限是太短咯。

貝立克　但是我想你可以保證修理工作不致於出毛病嗎？

奥納　現在正是夏天，氣候是很好的。

（又沈默片刻。）

貝立克　你還有別的話要向我說嗎？

奧納　我想沒有了，先生。

貝立克　那末——「印度姑娘」號一定準備下水——

奧納　明天嗎？

貝立克　是的。

奧納　很好。（鞠躬而出。貝立克猶疑不決的站立了一刻；隨後快步的走到門口，好像要喊回奧納似的；但又停住了，躊躇的把手放在門柄上。那時門從外面開進來，克拉普入。）

克拉普（低聲）　啊哈，他來過了。他自己承認了沒有？

貝立克　嗯——你發現了什麼沒有？

克拉普　還用得着發現嗎，先生？你難道不能從他的眼光中看出他的壞心嗎？

貝立克　笑話——壞心腸又怎樣看得出呢？我問你，你發現了什麼沒有？

克拉普　我沒有來得及去看牠；我去遲了。他們已經開始把船弔出船塢。但是他們那樣急急忙忙的作，就明顯的表示——

貝立克　這並不表示什麼．那時候船檢驗過沒有？

克拉普　自然檢驗過了；但是——

貝立克　那末你知道，既然檢驗了，他們自然沒有發現什麼可說的地方．

克拉普　貝立克先生，你十分知道這種檢驗是怎麼一回事，特別像我們這樣有名譽的工廠，他們檢驗得更加馬虎．

貝立克　沒有關係——既檢驗了．我們便沒有一點責任了．

克拉普　但是，先生，你眞不能從奧納的形色上看出？——

貝立克　奧納已經完全向我保證了，我告訴你．

克拉普　我也告訴你，先生，我以人格擔保，我相信——

貝立克　你這是什麼意思，克拉普？我看得很淸楚，你是想暗箭傷人；但是如果你要攻擊他，你必需找另外的機會．你知道「印度姑娘」號明天下水，對於我——或者，我應該說，對於牠的主人們——是多麼重要。

克拉普　很好很好——那就這樣吧；如果我們再聽到那隻船——唉不說吧！

（維格蘭從右面入。）

維格蘭　祝你晨安，貝立克先生。你有一刻閒暇的工夫嗎？

貝立克　有有，維格蘭先生。

維格蘭　我想知道你的意思；你是否覺得「棕樹」號明天應該下水？

貝立克　當然；我想那個船完全修好了。

維格蘭　可是，船長剛纔來找過我，告訴我暴風雨的信號已經發出來了。

貝立克　啊！眞會有暴風雨嗎？

維格蘭　大概有一陣暴風；但是不是逆風——是順風。

貝立克　嗯——你的意見怎樣呢？

維格蘭　我的意見，「棕樹」號有老天保佑是可以開航的，我跟船長也是這樣說。並且開始時不過是駛過北海罷了；英國的運費現在正漲得可觀，所以——

貝立克　是的，如果我們等候，那對於我們定是一筆損失。

維格蘭　並且牠是一條堅固的船，又完全保了險。「印度姑娘」號纔更冒險咧——

貝立克　你說什麼？

維格蘭　牠不是明天也下水嗎？

貝立克　是的，船主人催得非常緊迫，並且——

維格蘭　既然那條爛船還能冒險的開出去——並且又是那樣糟糕的一班水手——

如果我們不開，那眞丟人了。

貝立克　一點不錯。我想你把船上的文件都帶來了吧。

維格蘭　是的，這些就是。

貝立克　好；那末你可以同克拉普一道進去辦理嗎？

克拉普　請到這裏來，先生。我們馬上就辦理。

維格蘭　謝謝你——這問題就這樣的聽天由命吧，貝立克先生。（與克拉普一道進貝立克的事務室羅魯德從花園上。）

羅魯德　你這時候還在家嗎，貝立克先生

貝立克（默思失神）　是的！

羅魯德　我是爲了你的夫人而來的。我想她大概很需要點安慰吧。

貝立克　是的。但是我也想同你談兩句話。

羅魯德　好極了，貝立克先生。但是你怎麽啦？你看起來非常的慘白和不安。

貝立克　眞的嗎？我竟是這樣嗎？唉，像我這樣擔着許多責任的人，你以爲我還能過安樂日子嗎？我所有的那些大產業，現在又加上這條鐵路的計劃。——啊，請你告訴我，羅魯德先生；我想問你一個問題。

羅魯德　好得很，貝立克先生。

貝立克　這問題是我腦經中一種想像。假定一個人進行一件與千萬人的幸福有關的事業，並且又假定還必須犧牲一個人？——

羅魯德　我不懂你的意思。

貝立克　譬如說，一個人想建設一個大工廠。他確切的知道——因爲他的一切經驗告訴他如此——在建設這個工廠中，遲早要犧牲些人命。

羅魯德　是的，那是很可能的事。

貝立克　或者，假如一個人開始經營礦業。他僱用了許多成人，並且僱用了許多正當靑春的靑年。但是我們能夠預先保證所有這些工人都不會遭受一點犧牲嗎？

羅魯德　不能，當然不能。

貝立克　那末——一個人若處於那種地位，他就應該預先知道他所要建立的企業，必然在某些時候要損失一些人命。但是，這企業本身是爲着公共利益的；每損失了一個人，無疑的就推進了千百人的福利。

羅魯德　啊，你想的是鐵路計劃——想的一切危險的挖掘和爆炸，以及諸如此類的事

情吧

貝立克　是的——一點不錯——我所想的正是鐵路上的事情。再者，鐵路一建設成功，接着來的就是工廠礦山的開辦。然而，你不要以爲——

羅魯德　我親愛的貝立克先生，你幾乎是神經過敏了。我所想的就與你不同，如果你把這事聽諸天意——

貝立克　是的——正是如此；聽諸天意——

羅魯德　那末你在這件事情上，是一點罪過也沒有的。你放心把鐵路好好的建設起來吧。

貝立克　是的，但是我現在要向你提出一個特別的例子。假定在一個危險的地方要施用炸藥，因爲這個地方若不炸開，鐵路就沒有辦法修成。又假定工程師知道那點燃引線的工人是逃不掉性命的，可是又非點燃不可，而且又是工程師的責任去命令一個工人去作。在這種條件之下，你以爲應該怎樣辦呢？

羅魯德　嗯——

貝立克　我知道你要說：如果那工程師能自己拿着火柴去點燃那引線，那纔是一件最漂亮的事。但是這且不談，所以他必須犧牲一個工人。

羅魯德　可是我們這裏的工程師，我想沒有一個人願意這樣犧牲別人的性命的。

貝立克　我想在那些大的國家，也沒有一個工程師會一再想到犧牲別人的性命的。

羅魯德　在那些大的國家？我十分相信他們幹得出這種事情的。在那些腐敗的無原則的社會以內——

貝立克　噢，在那些社會以內，也有許多可說的事情呢。

羅魯德　你能那樣說的嗎？——你，你自己到過——

貝立克　在那些大的國家，一個人有可能去實行一種有價值的計劃——因之也有勇氣去爲着偉大目的而作某些犧牲；但是在這裏，我們卻必須爲許多的小事所拘束。

羅魯德　人命也是一件小事情嗎？

貝立克　設若這個人危及千萬人的幸福，他的性命也值得那樣的去顧慮嗎？

羅魯德　你是在懸想一些完全不可想像的事情，貝立克先生！我今天完全不了解你。你說到那些大國——那我就要問，在那些大國他們怎樣看待人命呢？他們簡單的把牠看成他們所用的資本之一部分。但我希望，我們之觀察事情，是要從道德的觀點出發，這是與他們不同的地方。你瞧我們的輪船工業！你能說出我們的船主中間，有哪一個人只圖小利而犧牲人命呢？可是你又想想那些大國的大惡棍吧，他們爲了利潤，把一隻隻的不堪航海的輪船送出下水——

貝立克　我所說的，不是什麼不堪航海的輪船呀！

羅魯德　可是我在說呢，貝立克先生。

貝立克　是的，但是那有什麼用呢？與我們所討論的問題一點也不相干。——啊，這些瑣屑的膽怯的顧慮！如果我們國裏的一個將軍，帶起他的兵士上戰場去，其中有些人不幸打死了，我想他大概會難過得幾夜睡不着的！在別的國家就不是這樣了。你總聽見那房裏的那個人說起——

羅魯德　什麼人？那個美國回來的？——

貝立克　是的。你總聽說過在美國——

羅魯德　啊，他在那房裏嗎？爲什麼你沒有告訴我？我要立刻——

貝立克　沒有用；你現在是沒法奈何他的。

羅魯德　我們看吧。啊，他來啦。（約漢從另一房間出來。）

約漢　（門半開着，他回頭向裏面說話）是的，是的，狄娜——隨你的意；但是我並不是打算放棄你。我要回來的，那時我們之間的一切事情，就都不成問題了。

羅魯德　對不起，請問你剛纔說那些話是什麼意思？你打算幹什麼呢？

約漢　我打算娶那個少女作我的妻子，昨天你還在她的面前毀壞我的人格，可是她必須作我的妻子。

羅魯德　你的妻子？你眞想這樣？——

約漢　是的，我眞想娶她．

羅魯德　好吧，那末我就要宣佈啦．（走向半開的門．）貝立克夫人，我請你出來作見證呵！瑪莎女士，請你也來．並且也叫狄娜出來．（看見諾娜站在門口．）啊，你也在這裏嗎？

諾娜　我也可以來嗎？

羅魯德　隨你的便吧——越多越好．

貝立克　你要幹什麼呢？（諾娜，貝立克夫人，瑪莎，狄娜和希爾馬從別的房間走入．）

貝立克夫人　羅魯德先生，我已經費了一切的力量了，但是我不能阻止他——

羅魯德　那末讓我來阻止他，貝立克夫人．狄娜，你眞是一個無思想的女子，但是我不十分責備你．你需要有道德的援助來維持你，但你很久以來就缺乏這種援助．我只責備我自己，因為我沒有能夠供給你這樣的援助．

狄娜　你現在斷不能說！

貝立克夫人　什麼一回事？

羅魯德　這事現在我就要說了，狄娜，雖然你在昨天和今天的行動，使我感到十倍的困難。但是別的一切事情都不用管，現在挽救你是最要緊的。你大概還記得我向你說過的話；你大概也記得你是怎樣允諾我的。現在我再不躊躇了，所以——（向約漢。）這個少女，這個你所迫害的少女，是我的未婚妻。

貝立克夫人　什麼？

貝立克　狄娜！

約漢　她嗎？她是你的？——

瑪莎　不不，不是的，狄娜！

諾娜　那是句謊話！

約漢　狄娜——這個人說的話是眞的嗎？

狄娜（猶豫片刻）　是眞的。

羅魯德　我希望我這一宣佈，把你的一切誘惑手段都打斷了。我爲着狄娜的幸福所決定採取的步驟，現在我願意公告一切的人了。我希望這個舉動不致於引起誤解。現在呢，貝立克夫人，我認爲最好把狄娜帶到別的地方去，設法恢復她內心裏的安靜與和平。

貝立克夫人　是的，是的，跟我來，狄娜。狄娜啊，你是多麼幸運的一個少女呢！（攜狄娜從左方出，羅魯德跟着她們。）

瑪莎　再會，約漢！（走出。）

希爾馬（站在走廊的門口）　唉——我必須說——

諾娜（她用眼睛看着狄娜出去，向約漢。）　不要恢心，我的孩子！我要留在這裏，我注意那個牧師。（向右面走出。）

貝立克　約漢，你現在不坐「印度姑娘」號動身了吧？

約漢　我當然要動身的。

貝立克　但是你不再回來了吧？

約漢　我一定回來。

貝立克　發生了這樣的事情以後，你還回來作什麼呢？

約漢　向你們一切的人報仇；盡我的力量把你們一個個的打倒。（從右面下，維格蘭和克拉普從貝立克的事務室上。）

維格蘭　好啦，貝立克先生，文件都整理好了。

貝立克　很好，很好，

克拉普（低聲）　我想「印度姑娘」號明天一定出航吧？

貝立克　是的。（走進事務室。維格蘭和克拉普從右面出。希爾馬正要跟着他們走時，阿拉福謹愼地從左邊的門口探頭而出。）

阿拉福　舅舅！希爾馬舅舅！

希爾馬　哼，是你嗎？你爲什麼不待在樓上呢？你知道，你爸爸把你關在房裏，不准你出門的。

阿拉福（走近一步或兩步）　別響！希爾馬舅舅，你聽見這件新聞沒有？

希爾馬　是的，我聽說你今天挨了一頓好揍。

阿拉福（恐惶地看着他父親的事務室）　他以後揍不到我了。但是，你聽說約澳舅舅明天要同美國人一道走嗎？

希爾馬　那與你什麼相干？你頂好回到樓上去吧。

阿拉福　舅舅，在這幾天之內，我也許要到美國獵水牛去呢。

希爾馬　胡說！像你這樣的懦夫——

阿拉福　好——你等着看吧！明天你就知道啦！

希爾馬　小傻瓜！（從花園出去。阿拉福連忙跑進房去，並且把門關上，因爲他看見克拉普從右面進來。）

克拉普（走到貝立克的事務室，輕輕地開門）　請你原諒我，又來打擾你了，貝立克先生；現在正颳起大風來啦。（等候片刻，但沒有答覆。）「印度姑娘」號仍舊出航嗎？

（稍停一會，聽到下面的答覆。）

貝立克（從房內）「印度姑娘」號仍舊出航。

（克拉普關上門，又從右面走出。）

第四幕

（佈景同一個房間。工作的桌子已經搬走了。這時是一個颳大風的黃昏，當以下的場面進行之際，天色已漸漸黑暗。一個男僕正在點燃蠟燭臺；兩個女僕拿進來花和花瓶，燈和蠟燭。她們把這些東西擺在靠牆的桌几上。魯麥爾穿起燕尾服，帶着手套，領帶是雪白的，他站在房子中間，指揮僕人們作事。）

魯麥爾 每間一處擺一隻蠟燭，茄可勃。外表上要弄得好像不是爲着這件事佈置的一樣——你知道，必須使他突然看見覺得驚奇。而這些花呢？——噢，好吧，就是那個樣子；看起來好像每天都擺在這裏似的。（貝立克從事務室上。）

貝立克（站在門口） 這是什麼意思？

魯麥爾 啊，親愛的，是□嗎！（向僕人們。）好啦，你們暫時去休息一刻吧。（僕人們走出。）

貝立克 但是，魯麥爾，這究竟是什麼意思？

魯麥爾　這表示你生平最光榮的一刻已經來到了。市民們已經整起隊伍，來慶祝本城第一個偉人了。

貝立克　什麽？

魯麥爾　列隊遊行——有旗子，還有音樂隊！我們本來還應該有火炬的；但在這個颶風的晚上，我們怕發生意外的危險。不過彩燈一定是要有的——這在報紙上登載起來也很堂皇的。

貝立克　你聽我說，魯麥爾——我不願意你們這樣作。

魯麥爾　但是現在已經太遲了；半點鐘之內他們就會到這裏來了。

貝立克　但是你爲什麽先不告訴我呢？

魯麥爾　正因爲我怕你反對。但是我同你的夫人商量過的，她讓我佈置這一切，而她自己則去預備茶點。

貝立克（靜聽）　你聽這是什麽聲音？他們已經來了嗎？我好像聽見有人在唱歌似的。

魯麥爾（走到走廊的門口）　唱歌？噢，是那些美國人在唱「印度姑娘」號正拖出船塢．

貝立克　拖出船塢？噢，是的．但是，魯麥爾，今天晚上我不能夠參加慶祝會；我不好過．

魯麥爾　你看起來的確不好．但是你必須振作起來；否則就糟了——你必須振作起來！薩德斯坦，維格蘭和我都十分重視這事的成功．我們必須盡可能用羣衆意見的力量，來壓倒我們的反對者．全城都是謠言；我們關於購買財產的事情，再不能不有所申明了．今天晚上是非常重要的——在唱歌與演說之後，在舉杯慶祝之中——總括一句話，在熱情溢洋的祝賀空氣之中——你應該告訴大家你為社會的福利所冒的危險．在這種熱情溢洋的祝賀空氣之中，你就可以向大家施展你的驚人的手段．你必須利用這種空氣，否則事情便完了．

貝立克　是的，是的，是的——

魯麥爾　而且特別當這時候，我們對於這個困難的問題，尤其須要仔細的商量．幸而，威謝上蒼，你有一個金城鐵壁的好名聲，可是現在，我們必須準備一下幾行．希爾馬．托尼遜先生已經爲你寫好了一首頌辭，牠開頭的一句話是非常美妙的：「高舉理想的旗幟！」而維魯德先生則準備在今晚上作一次演講．自然，你必須答覆他的演講．

貝立克　我今天晚上不行，魯麥爾．你能不能夠？——

魯麥爾　那是不能夠阻止的，不管我是怎樣的願意；因爲你可以想像得到，他的演說特別是爲祝賀你而發的．自然他或者還要說到我們其餘的人一兩句；我已經和維格蘭和薩德斯坦商量過了．我們的意思覺得在答覆時，你應該提議爲「我們社會的繁榮」舉杯祝福；隨後薩德斯坦則就社會各階級的相互關係之和諧，來稍微說兩句；於是維格蘭說幾句，希望這一新的企業不致於擾亂我們社會的道德基礎；而我也要很適當的說兩句話來讚美太太們，說她們對於社會的工作，雖然不很明顯，但決不是不重要的．啊，你怎麼不聽我說——

貝立克　我正在聽你說呀．不過，請你告訴我，你以爲現在海裏會起大風浪嗎？

魯麥爾　怎麼，你在擔心「棕樹」號嗎？你知道，牠是全部保了險的。

貝立克　是的，牠是保了險的；但是——

魯麥爾　而且最重要的牠是經過良好的修理。

貝立克　哼——假定一個船發生什麼事情，那些乘客不會遭難嗎？會不會？船和貨物都會損失掉——而且乘客也要損失掉他們的箱子和信札的——

魯麥爾　哎喲，箱子和信札都不十分的重要。

貝立克　都不十分的重要不；不！我的意思是說——別響——我又聽着什麼聲音了。

魯麥爾　那是「棕樹」號上的人聲。

（維格蘭從右面進。）

維格蘭　是的，他們正在拖「棕樹」號出塢。晚安，貝立克。

貝立克　維格蘭，你是個老於航海的人。你也認爲今天的風——

維格蘭　我把我的信仰都交給上帝了，貝立克先生。並且我自己剛纔還到船上去過，我散發了一些宗教的小册子，我希望這些書會造福他們。

（薩德斯坦與克拉普從右面進。）

薩德斯坦（向門外的一個人說話）　是的，如果那件事能進行得很好，那任何事都好啦。（走入。）啊，晚安晚安！

貝立克　有什麼事嗎，克拉普？

克拉普　沒有什麼，貝立克先生。

薩德斯坦　「印度姑娘」號的全體水手都喝醉了；我可以拿我的名譽打賭，他們決不會有一個生還的。（諾娜從右面入。）

諾娜　啊，我現在可以代他向你們各位告別啦。

貝立克　他已經上了船嗎？

諾娜　他馬上就上船。我們在旅館外分手的。

貝立克　他還堅持他的意念嗎？

諾娜　一點也沒有更改。

魯麥爾（他在窗子上面摸來摸去的）　這些新發明的裝置纔眞麻煩咧；我連窗簾都拉不下來。

諾娜　你要拉下牠們來嗎?我想應該從相反的方向——

魯麥爾　是的，海塞爾女士，但是拉不開。我想你是懂得這裏面的訣竅的。

諾娜　是的，讓我來幫你的忙。（抓着繩索。）我把窗簾拉下來遮蓋我的妹夫吧——雖然我自己寧願把牠們拉起來。

魯麥爾　你隨後再可以這樣作。等到花園裏充滿了人山人海的羣衆時，那末再把窗簾拉起，讓他們能夠看見這個驚異而又快樂的家庭。市民們的生活原應在各方面都可公開的!（貝立克張開他的嘴，好像他是想說什麼話似的；但是他突然的轉身，走進他的事務室。）

魯麥爾　來吧，讓我們來作最後的商議吧。你也來，克拉普先生；在某些細節之處，你必須幫助我們。（男人們都走進貝立克的事務室。諾娜把窗簾拉下，正想把那玻璃門上的簾子也拉下來時，阿拉福從樓上的房間跳到花園臺階上；他肩上披着圍巾手上拿着一捲東西。）

諾娜　哎呀，孩子，你嚇死我啦！

阿拉福（掩藏他手裏的東西）　別響，姨母！

諾娜　你是從窗戶上跳下來的嗎？你到什麼地方去？

阿拉福　別響！你一句話也不要說。我要去看看約漢舅舅——你知道，我只到碼頭上去一去——只向他送別送別罷了。晚安，姨每！（跑出花園。）

諾娜　喂——別跑！阿拉福——阿拉福！

（約漢穿着旅行的裝束，肩上背着一個袋子，謹愼地從右門上。）

約漢　諾娜

諾娜（轉身）　什麼！你又回來了？

約漢　我還有幾分鐘的時間．我一定要再看她一次；我們不能這樣的分別．（左邊靠後的門正在這時打開，瑪莎和狄娜走入，兩人都穿着大衣，狄娜手裏還提着一隻手提箱．）

狄娜　我要同他一齊去！我要同他一齊去！

瑪莎　好的，我讓你到他那裏去，狄娜．

狄娜　呀，他在這裏！

約漢　狄娜！

狄娜　你帶我去！

約漢　什麼！——

諾娜　真的嗎？

狄娜　是的，你帶我去．那個人寫了封信給我，說他打算今天晚上向一切人宣佈——

約漢　狄娜——你不愛他嗎？

狄娜　我從來沒有愛過那個人！我寧願在河裏淹死，也不願意同他定婚！啊，他昨天故意用那種謙虛的態度來羞辱我！他差不多是明白的表示，他是提拔一個窮困可憐的人達到他自己的水平！我再不願意受人的輕視和羞辱了。我打算走。你可以帶我走吧？

約漢　可以，可以——一千個可以！

狄娜　我不會長久累贅你的。你只幫助我到那裏去就行了；你只要在開始時幫助我走正路——

約漢　我眞快活，畢竟一切都好了，狄娜！

諾娜（指着貝立克的房門。）　別響！輕一點，輕一點！

約漢　狄娜，我一定照顧你。

狄娜　我並不要你常常照顧我。我打算自己照顧自己；一到美國，我相信我就能夠自己照顧自己了。只要讓我離開這裏就好了。啊，這些女人呀！——你眞不知道——她們今天也寫了信給我，鼓勵我不要錯過良機，她們說他是寬宏大量的人。在明天，並且在從今以後的一切日子，她們都會監視我，看我究竟是否有資格接受這種幸福！這一切假惺惺的好意，我眞是討厭透了！

約漢　告訴我，狄娜——這就是你要離開這裏的唯一原因嗎？我與你毫不相干嗎？

狄娜　約漢，世界上再沒有一個人比你對我更親愛了。

約漢　啊，狄娜！——

狄娜　這裏每一個人都告訴我，說我應該厭惡你和仇視你——那就是我的義務；可是我不能認爲那是我的義務，以後也永遠不能。

諾娜　是的，你以後永遠不能，我的親愛的！

瑪莎　你當然不能；這就是爲什麼你應該同他一齊去，並且作他的妻子。

約漢　是的，是的。

諾娜　什麼？瑪莎，吻吻我。我從沒有想到你會有這種見解。

瑪莎　是的沒有，我自己也從沒有想到這一點。但是，我不能不在某些時候爆發出我的感情！唉，在習慣和禮教的壓制之下，我們受過多少的痛苦啊！狄娜，鼓起勇氣來反抗牠，作他的妻子吧。我願你反抗一切的因襲和慣例。

約漢　你覺得怎樣呢，狄娜？

狄娜　是的，我願作你的妻子。

約漢　狄娜！

狄娜　但是首先我得找工作，我要自食其力——像你所曾經作過的一樣。我不願意簡單的是你所攜帶的一件東西。

諾娜　一點不錯——那是很對的。

約漢　很好；我希望有那樣一天——

諾娜　你勝利了，我的孩子！但是現在你們必須上船了！

約漢　是的，上船！啊，諾娜，我親愛的姐姐，我只同你再說一句話。請到這裏來——（他攜着她走入後景，急促地同她說話。）

瑪莎　狄娜，你這幸運的孩子，讓我看看你，讓我再吻你一次——最後的一次。

狄娜　不是最後的一次；不是，我親愛的姑母，我們將來會再會面的。

瑪莎　永遠不啦！狄娜，你答應我，永遠不要回來！（緊握着她的雙手並且看着她。）現在你到那邊去追尋你的幸福吧，我的親愛的孩子。我在學校裏，有多少次渴望到那裏去啊！那裏一定很美麗；那裏的天空也要比這裏高些，一種更自由的空氣會在你的頭上漂流——

狄娜　啊，瑪莎姑母，過些日子你會跟我們來吧。

瑪莎　我嗎？永不——永不。我此地還有個小小的職業，我相信我能夠充分的這樣過一生一世了。

狄娜　我眞不忍離開你。

瑪莎　一個人有時不能不忍心的離開更多的東西呢，狄娜。（吻她。）但我希望你永遠不要有那樣的經驗，我的親愛的孩子。允諾我，你將使他快樂。

狄娜　我什麼也不願允諾；我討厭允諾；事情應該自然而然的發展。

瑪莎　是的，是的，那很對；只要保持你的常態就行——忠實於你自己。

狄娜　我很願意，姑母。

諾娜（把幾張約漢給她的紙，放在自己的袋裏。）　好得很，好得很，我親愛的孩子。啊，你現在必須動身啦。

約漢　是的，我們再沒有時間來耽誤了。再會吧，諾娜，感謝你的一切的愛護。再會吧，瑪莎，我也謝謝你，謝謝你的忠實的友誼。

瑪莎　再會，約漢！再會了，狄娜！願你們終身快樂吧！（她和諾娜急忙地送他們到後面門口。約漢和狄娜迅速地走下臺階，出了花園。諾娜關上門，放下門簾。）

諾娜　現在我們都孤獨了，瑪莎。你失掉了她，而我又失掉了他。

瑪莎　你——失掉了他？

諾娜　啊，在那邊我已經一半失掉他了。這孩子渴望自己獨立行事；所以我假裝着想回家來。

瑪莎　眞是那樣嗎？呀，那末我曉得你爲什麼回來了。但是，他會要你再去的，諾娜。

諾娜　一個異父的老姐姐——他還需要她作什麼呢？人爲着求得他們自己的快樂，常常拋棄了許多親愛的親屬。

瑪莎　有時候的確是這樣的。

諾娜　但是以後，我們兩個要結合在一起了，瑪莎。

瑪莎　我能於你有點用嗎？

諾娜　我還不是一樣嗎？我們姊妹倆不是都失掉了我們的孩子嗎？現在我們都孤獨了。

瑪莎　是的，都孤獨了。所以你也應該知道這件事了——我愛他比愛世界上任何東西都要深切呵！

諾娜　瑪莎！（緊握着她的手臂。）這話是眞的嗎？

瑪莎　我的整個生命都繫於那句話上。我愛他，我等候他。每年的夏天，我都盼望他回來。

現在他回來了——可是他全不注意我了。

諾娜　你旣愛過他！而且又正是你使他得到他的快樂。

瑪莎　是的，我愛他，我旣然愛他，難道我不應設法來完成他的幸福嗎？自從他那次出門以後，我就是爲着他而生存的。你想想，此地有那樣多謠言，我還有什麽希望的理由呢？可是，我總覺得還有某些理由。但是當他回來時——好像一切的事情都從他的記憶中忘記了一樣，他完全看不上我了。

諾娜　那大概是狄娜遮蓋了你吧，瑪莎？

瑪莎　這樣倒好，當他出門的時候，我們的年齡是一樣的；但是，他這次回來我再看見他時——啊，那可怕的一刻！——我發現我比他老了十歲。他到過輝煌燦爛的地方，呼吸的是青春健康的空氣；而我則坐在這裏，蹉跎又蹉跎——

諾娜　你是爲了他的幸福而蹉跎的，瑪莎。

瑪莎　是的，我爲了他織成了一根金線。那也並沒有什麽痛苦！我倆都是他的兩個好姊妹，不是嗎，諾娜！

諾娜（緊緊抱住她）　瑪莎！

（貝立克從事務室上．）

貝立克（向那些在他房間裏的人說話．）　好，好，隨便你們喜歡怎樣佈置吧．時間一到，我就能夠——（關門．）啊，你們都在這裏．瑪莎，我想你頂好換一換衣服；並且告訴碧蒂也換換衣服．自然，我並不喜歡裝模作樣，只要樸素乾淨就行．但你們必須趕快．

諾娜　你還要顯得快樂一點纔好，瑪莎．

貝立克　阿拉福也叫他下樓來吧；我要他在我旁邊．

諾娜　唉！阿拉福——

瑪莎　好，我去告訴碧蒂．（從左邊靠後的門出去．）

諾娜　好，現在已經到了最偉大和最莊嚴的時候啦．

貝立克（不安的來回走着）　唔，是的．

諾娜　在這樣一個時候，我想一個人會覺得驕傲和快樂吧。

貝立克（望着她）　唉！

諾娜　我聽說全城都要懸燈掛彩的。

貝立克　是的，他們要這樣作。

諾娜　一切的俱樂部都要打起牠們的旗子集合起來——你的名字要用火光照耀出來——今天晚上的電報會向全國各地傳佈這樣的消息：「在家庭歡樂之中，貝立克先生接受着他的市民同胞們的祝賀，千萬的市民都跑來向這個社會的棟樑致其敬愛之忱。」

貝立克　是那樣的；他們還要在外面歡呼，我還不能不走出去向他們鞠躬並道謝他們。

諾娜　不能不嗎？

貝立克　你以爲我在那時候會覺得快樂嗎？

諾娜　不，我不以爲你會很快樂的。

貝立克　諾娜，你輕視我。

諾娜　現在還沒有。

貝立克　而你也沒有權利——沒有權利來輕視我！諾娜，你眞想不到在這個被束縛的社會以內，我是多麼樣的孤立！在這個社會內，我曾經一年復一年的壓制我那追求更完善的生活的志願。我的工作看起來似乎是多方面的，但是我眞正成就了什麼呢？雞零狗碎的事情而已。別的事是做不成的。如果我比社會上流行的見解和觀點多走前一步，那我就會失掉我一切的人望。你知道我們——我們這些被人視爲社會棟樑的人們是些什麼呢？不多也不少，我們不過是社會的工具而已。

諾娜　爲什麼你到現在纔覺悟到這一點呢？

貝立克　因爲自從你回家以來，我想得很多，特別是今天晚上，我比從前任何時候更鄭重的想過一番。啊，諾娜，在那時候，我的意思是說在從前的日子，我爲什麼沒有眞正的了解你呢？

諾娜　如果你了解了我呢？

貝立克　我就不會讓你走；而且如果我有了你，我也不會處於我今天晚上的地位了。

諾娜　你既然選了她來代替我，難道你從沒有想過她會對於你有什麽好處嗎？

貝立克　我知道，她一點也不是我所需要的人。

諾娜　這是因爲你從來沒有同她共過甘苦；因爲你從來不允許她同你充分的和坦白的交換意見；因爲你對於她的親兄弟加上這樣的一種恥辱，使她不能不爲羞辱所苦而常常自責。

貝立克　是的，是的；一切都是從謊言與欺騙來的。

諾娜　那末你爲什麽不同這些謊言與欺騙決裂呢？

貝立克　現在嗎？現在已經遲了，諾娜。

諾娜　嘉斯登，你告訴我——這一切的欺騙與虛僞，究竟給了你什麽好處呢？

貝立克　什麽好處也沒有給我。總有一天我就要消滅的，而這拙劣的社會也會隨着我而消滅。但是，新興的一代會起來繼續我們；我是爲着我的兒子工作的，我要爲他開闢道路。將來會有那樣一個時候，眞理會成爲社會的生命，在那種基礎之上，他就能夠建立一個比他的父親的生活更快樂的生活。

諾娜　那一切還是建立在一個謊言的基礎之上嗎？你想想你所留給你的兒子的，究竟是些什麼樣的遺產？

貝立克（用深沉的失望的聲調）　那比你所想的還要更壞一千倍。但是一定有一天，這個不幸會去掉的；可是現在——（奮激地。）我怎麼把這一切都弄在自己頭上呢！但現在一切都定規了；我不能不這樣的繼續下去。你是打我不倒的！（希爾馬慌慌張張的從右門進來，手裏拿着一封拆開的信。）

希爾馬　這纔是——碧蒂，碧蒂！

貝立克　什麼事？他們已經來了嗎

希爾馬　沒有沒有——我現在必須立刻找個人說一說。（從左邊靠後的門口出去。）

諾娜　嘉斯登，你說我們回家是來打倒你的嗎？好，讓我告訴你那個浪子——你們道德的社會看見他就要避開的那浪子，究竟是什麼樣的一種人。他用不着你們任何人的幫助就能自立了——他現在走了。

貝立克　但是他說他還要回來——

諾娜　約漢永遠不回來啦。他是永遠去了，並且帶着狄娜走了。

貝立克　永遠不回來嗎？——並且帶着狄娜走了嗎？

諾娜　是的，帶她去作妻子。這就是他們兩個怎樣正面的打擊了你們道德的社會，正像我以前作過的一樣——但是那你用不着煩心。

貝立克　走了——她也走了——坐「印度姑娘」號走的？

諾娜　不；他不會把他們那樣寶貴的幸福，信託那羣流氓的水手。約漢和狄娜坐的是「棕樹」號。

貝立克　啊！那一切都是白費了——（忽忙地走到他的事務室，開開門向裏面喊道。）

克拉普，去停止「印度姑娘」號的出航——牠今夜一定不能開船！

克拉普（從房內）　「印度姑娘」號已經開出海上了，貝立克先生。

貝立克（關上門，沮喪地說）太遲了——一切都無結果的白費了——

諾娜　你說什麼？

貝立克　沒有什麼。請你讓我一個人在此地吧！

諾娜　哼！你瞧這裏，嘉斯登。約漢竟這樣的好，他把他所曾經借給你的名譽，以及他走後你從他那方面所偸得的好名，統都委託給我了。約漢一定會守口如瓶的；而我又可以任意處置這事。你看，這就是那兩封信。

貝立克　你已經得着那兩封信嗎？你打算現在——今天晚上——或者當他們大家都排隊來了的時候——

諾娜　我回到這裏來不是爲着揭破你的祕密，而是想激發你的良心。這一着我既然沒有作成功——所以你還是照原樣過下去，在一個謊言之上過活吧。你看，我把你的兩封信撕成粉碎。現在，嘉斯登，再沒有什麼不利於你的證據了。你現在安全了；如果能夠的話。你也可以放心快樂了。

貝立克（深爲所動）諾娜，你爲什麼早不那樣！現在太遲了；生命之對於我再也不值什麼了；從今以後我怎能活下去呢！

諾娜　爲什麼？

貝立克　不要問我——可是我還是不能不活下去。我要爲阿拉福活下去。望他爲我補救一切——贖償我的一切罪過——

諾娜　嘉斯登！（希爾馬急急忙忙的跑回。）

希爾馬　我一個人也找不到；他們大家——連碧蒂都出去了！

貝立克　究竟有什麼事？

希爾馬　我不敢告訴你。

貝立克　什麼事？你必須告訴我！

希爾馬　那末——阿拉福已經跑到「印度姑娘」號上去了。

貝立克（駭極而退）　阿拉福——到「印度姑娘」號上去了！不會，不會！

諾娜　會的，他眞去了！啊，我現在了解了——我看見他從窗子中跳出來的。

貝立克（跑到他的事務室門口，絕望地向裏喊道）　克拉普，無論如何設法停住「印度姑娘」號！

克拉普　那是不可能了！先生。你怎能想到——

貝立克　我們必須停住牠；阿拉福在那船上！

克拉普　什麼！

魯麥爾（從貝立克的事務室上）　阿拉福逃走了嗎？不會的！

薩德斯坦（跟着他上）　他會同領港人一道回來的，貝立克先生。

希爾馬　不，不；他寫了封信給我。（把信給大家看。）他說他打算藏在貨物裏面直到船已駛進海中爲止。

貝立克　我永遠再看不到他了！

魯麥爾　你眞是胡說！好堅固的一隻船，又是新修理的——

維格蘭（隨着衆人走出貝立克的事務室）　並且又是在你自己的工廠中修理的，貝立克先生。

貝立克　我永遠不會再看見他了。我告訴你們。諾娜，我失掉他了；現在我纔知道，他從來就不眞正是我的孩子。（聽。）這是什麼聲音？

魯麥爾　音樂。大概是隊伍來啦。

貝立克　我不能夠參加，我也不願參加。

魯麥爾　你在想些什麼事情呢！那是辦不到的。

薩德斯坦　辦不到，貝立克先生，你一定得參加纔行；想想你目前所處的地位。

貝立克　這一切現在對於我又有什麼用呢？我現在還爲哪一個工作呢？

魯麥爾　你能這樣說嗎？你有的是我們和社會。

維格蘭　一點不錯。

薩德斯坦　貝立克先生，你一定沒有忘記我們曾經——（瑪莎從左邊靠後的門走入。遙遠地可以聽見街上的音樂之聲。）

瑪莎　游行的隊伍正來啦，但是碧蒂沒有在家。我眞不懂她到——

貝立克　沒有在家！唉，諾娜，你看——無論是快樂抑或是痛苦，都沒有一個人來幫助我。

魯麥爾　把簾子都扯起來吧！克拉普，來幫我的忙；薩德斯坦先生，你也來。這個家庭竟在這個時候不團聚在一起，眞是千萬分可惜；這與我們預擬的節目完全相反。（他們拉上一切的簾幭。街上張燈掛彩的情景都可看見了。房子前面立着一塊透明的大牌坊，現出這樣的字句：「我們的社會棟樑嘉斯登·貝立克萬歲！」）

貝立克（退後幾步）　統統拿開！我不願意看見那塊牌坊熄掉牠，熄掉牠！

魯麥爾　原諒我，貝立克先生，你不大好過嗎？

瑪莎　他怎麼啦，諾娜？

諾娜　別響！（向她耳語。）

貝立克　我告訴你們，把那些可笑的字句去掉！難道你們沒有看見那些燈光都在嘲笑我們嗎？

魯麥爾　是吧，我必須承認——

貝立克　啊，你怎能了解！——但是我，我呀！這些都像死人房裏的燭光一樣！

魯麥爾　你聽我說，你眞把事情看得太重大了。

薩德斯坦　這孩子不過在大西洋上作一次旅行罷了，隨後他就會回來的。

維格蘭　貝立克先生，你只要相信萬能的上帝就行了。

魯麥爾　貝立克，我想船一定不會沈的。

克拉普　唉——

魯麥爾　如果那隻船是那些大國的商人不負責任送出去的破船你或者還有憂愁的理由。

貝立克　我相信我的頭髮一定要急白了！（貝立克夫人從花園走入，頭上蒙着一塊披巾。）

貝立克夫人　嘉斯登，嘉斯登，你知道？——

貝立克　是的，我知道；但是你——你這作母親的人全不管事，連你的兒子你都沒有眼睛來看管！

貝立克夫人　你聽我說！

貝立克　你平常爲什麼不當心他呢？現在我已經失掉兒子啦！你把他還給我，還給我！

貝立克夫人　我還給你！我已經找着他了！

貝立克　你已經找着他了！

衆人　唉！

希爾馬　是的，我想已經找着了。

瑪莎　你又得着他了，嘉斯登！

諾娜　是的——現在你又有了兒子啦。

貝立克　你找着他了！是眞的嗎？他現在在什麼地方？

貝立克夫人　我不告訴你，除非你答應我饒恕他。

貝立克　饒恕！一定饒恕他！但是你怎麼知道——

貝立克夫人　你以爲一個母親看不出嗎？我擔心得很哩，不過我唯恐你知道一點信息。昨天他就說了些可疑的話——今天到他房裏一看，沒有人了，書包和衣服也不見了——

貝立克　是的是的，隨後怎樣？

貝立克夫人　我連忙就跑出去，我找到了奧納，我們兩個坐小艇出去；那個美國船剛要開船了。謝謝上帝，我們恰好趕到——上了船——一搜查——果然找着他啊！嘉斯登，你一定不要責罰他！

貝立克　碧蒂！

貝立克夫人　也不要責備奧納！

貝立克　奧納？他怎麼樣了？「印度姑娘」號開出去了嗎？

貝立克夫人　沒有，我說的正是這件事。

貝立克　你說，你說！

貝立克夫人　奧納也差不多像我一樣的着急；搜查是費了一些時候的；天黑了，領港者提出抗議；所以奧納用你的名義——

貝立克　怎麼？

貝立克夫人　用你的名義他叫他們停下來明天再開。

克拉普　嗯——

貝立克　啊，我眞是快樂！

貝立克夫人　你不生氣嗎？

貝立克　我不知怎樣的快樂，碧蒂，我簡直快樂的不能說話了。

魯麥爾　你眞是把事情看的過於重大了。

希爾馬　是的，這不過是同海洋作點鬬爭罷了！

克拉普（走到窗戶邊）　游行的隊伍正走進你的花園來啦，貝立克先生。

貝立克　是的，他們現在可以來了。

魯麥爾　園裏擠滿了人。

薩德斯坦　街上也擠滿了人。

魯麥爾　全城的人都出動啦，貝立克。這眞是令人覺得驕傲的一個時刻。

維格蘭　我們且虛心的接受牠吧，魯麥爾先生。

魯麥爾　所有的旗子都打出來啦！多麽好看的隊伍！你看，你看，慶祝委員會的人來了，領頭的是羅魯德先生。

貝立克　好，讓他們進來吧！

魯麥爾　但是，貝立克——你現在的心情這樣激動，你能——

貝立克　怎麽，怎麽？

魯麥爾　如果你願意的話，我很願代替你來說話。

貝立克　不，謝謝你；你今天晚上我要爲我自己說幾句話。

魯麥爾　但是你能拿得穩該說些什麽話嗎？

貝立克　是的，魯麥爾，你放心——我知道該說些什麽。（音樂的聲音更高走廊的門打開了。羅魯德率領委員會走了進來，有兩個僱用的侍者伴着，這兩人拿了一個蓋着的籃子。後面隨着有各階級的市民，他們盡量的走進房來。還有無數的羣衆，搖旗吶喊的在花園內和街上。）

羅魯德　貝立克先生！從你的尊容上所表現的驚奇，我知道我們這些不速之客，來擾亂了你的快樂的與和平的家庭生活，在這間喜氣洋溢的房間之內，我們發現圍繞着你的都是你的榮貴的市民同胞和朋友們。但是，我們的良心促使我們來到這裏，把我們的敬禮奉献給你——自然，這並不是第一次，但像這樣大規模的這還是第一次哩。在過去曾經有過許多次數，我們向你表示過我們的謝忱，因爲你把我們這一座社會大廈建立在廣大的道德基礎之上。而這一次呢，這一次我們則特別向你這位眼光遠大的，力行不倦的，無私的——不，自我犧牲的——市民奉獻我們的敬禮，因爲你首倡義舉來創辦一件偉大的事業。從各方面看起來，我們知道這事業會給我們社會的繁榮和幸福以很大的推進。

衆人的聲音　好呀，好呀！

羅爵德　你，先生，你許多年以來都是我們中間的一個燦爛光輝的模範。你的家庭生活首先就値得我們的效法，自然我今天沒有可能來說及這一點；更不能來敍述你的高貴的個性。這些題目是屬於個人客廳裏靜談的材料，而不適宜於這樣盛大的慶祝會！所以我在此只能說到你作市民的公共生活，這生活是什麽人都看得到的。你的造船廠駛出優良的船舶，帶着我們的國旗遠漂重洋。無數的快樂的工人仰望着你，像仰望着慈父一般。你一發起一種什麽新的企業，你即是爲着幾百幾千的家庭廣造幸福的基礎。簡單一句話——你是，就這個名辭的最完全的意義來說，你是我們社會的中流砥柱。

衆人的聲音　聽啦，聽啦好啊！

羅魯德　而且，先生，你的一切行動都閃爍着大公無私的精神，正是你這種精神大有惠於我們整個的社會——其恩澤眞非言語所能表示——特別是在目前這個時候。現在，你正在爲我們建設一條——讓我毫不猶疑的說出牠的世俗的名字來吧——一條鐵路！

衆人的聲音　好呀，好呀！

羅魯德　但是這件事情的前面，似乎還有某些困難，這都是自私自利的結果。

衆人的聲音　聽呀，聽呀！

羅魯德　因爲有件事情現在已被我們知道了，就是別的城市裏的某些分子乘機來搶我們的先，他們已經着手在收買某些財源，按照權利來說，這些財源原應屬於我們的城市的。

衆人的聲音　對呀！聽啦，聽啦！

羅魯德　這件令人遺恨的事情，貝立克先生，大概你已經知道了。但這絲毫也不能阻止你還是按照既定的計劃堅決前進，一個愛國的人，並不是只簡單的以地方利益爲念的。

衆人的聲音　哦！——不對，不對！——對的，對的！

羅魯德　我們今天之來到此地，正是向那樣一個愛國的市民致敬的，他的德性是你我大家都應該熱心效法的。願你的事業，貝立克先生，成爲我們社會的幸福之眞實的和不絕的源泉！不錯，鐵路若是修好了，我們便有受着外面惡勢力侵入的危險；但是，牠也使我們有迅速的驅逐惡勢力出去的可能。因爲卽使在現在，我們也不能自負已完全可以免除外來惡勢力的影響；但是如果諸言也可以相信的話，那我們今天晚上已經出乎意料之外的把某些邪惡的分子迅速的除掉了——

衆人的聲音　秩序，秩序！

羅魯德　我認爲這事就是我們的事業的一個吉兆。我在這樣一個時候之提起這樣一件事情，不過是使大家知道，在我們現在所站在的家庭之內，道德的要求之被人尊重，實遠超過於親戚的關係。

衆人的聲音　聽啦，聽啦！好極了！

貝立克（同時）　請讓我——

羅魯德　我只有幾句話說了，貝立克先生。你爲你的桑梓所作的一切事情，我們大家都知道，你是從來沒有爲着自己的私利去作的。雖然如此，但你現在決不可拒絕從敬愛你的市民同胞之手，接受一件小小的表示感謝的紀念品——尤其是在現在這個重要的時候，按照某些實業家的話來說，現在我們正處於新時代的起點。

衆人的聲音　好極了！聽啦，聽啦！

（羅魯德作勢示意於僕人們，他們把籃子拿上來。在以下的演說之中，委員會的人獻出各種在演詞中說到的禮物.）

羅魯德　所以，貝立克先生，我們現在感覺很大的快樂來貢獻給你這副吃咖啡用的銀具．在將來也和在過去一樣，當我們有這種光榮聚集在你的慷慨好客的家庭之時，這副銀具一定使你的食桌更增光彩．

而你們呢，紳士們，你們曾經那樣急公好義的幫助過我們社會的領袖，我們也要求你們接受一點小小的紀念品．這個銀酒杯，魯麥爾先生，是送給你的．曾經有過多少次數，在杯籌交錯之際，你用了適當的言辭來擁護過你的市民同胞的利益；願你常常有這樣高貴的機會在愛國的慶宴之中高舉此杯！對於你，羅德斯坦先生，我貢獻給你一本貼相簿，這裏有你的許多市民同胞的相片．你的名聞遐邇的磊落與豪爽，使各階級的人都以與你接交爲榮．至於你，維格蘭先生，我奉獻給你這本關於家庭祈禱的書，上等的印刷和精美的裝訂，或可使你的書桌更發光輝．時代的影響引起你對於人生有眞切的觀察；而你履行你的日常職務的熱忱，許多年以來，又因高超聖潔的思想而愈超於純潔。（向羣衆。）現在，朋友們，爲貝立克先生及他的同伴們三呼萬歲爲我們的社會棟樑三呼萬歲！

全體羣衆　社會的棟樑貝立克萬歲，萬歲，萬萬歲！

諾娜　我恭賀你，妹夫！

（預期的一刻靜默。）

貝立克（莊重地與緩慢地說）　市民同胞們，你們的代表剛纔說，我們今天晚上是處於新時代的起點。我希望將來的發展會符合於今晚的預言。但是在這種希望未實現以前，我們必須緊握着眞理——這眞理，一直到今晚爲止，對於我們的社會，在各方面都顯得完全生疎。（聽衆之中有驚訝聲。）因此我首先必須奉還給你，維魯德先生，你所給我的那些照例的讚辭。我不配接受牠；因爲，一直到今天爲止，我的一切行動決不是至公無私的。雖然我的目的並不常常在於金錢的利益，但無論如何，我現在必須承認權位的追求，乃是我過去大多數行動的眞正動機。

魯麥爾（半高聲）　這是怎麼一回事！

貝立克　在我的市民同胞之前，我並不是以此自貶；因爲我仍舊覺得，在我們社會許多能幹的實業家之中，我依然應該居於先列的地位。

衆人的聲音　對呀，對呀，對呀！

貝立克　但是，我所要責備我自己的，就是我常是太軟弱了，以致於不能不用些欺騙的辦法，因爲我害怕社會上的大多數人會看出一個大人物所作的一切事情之不純正的動機。現在，我要說出一件事情來證明這一點了。

魯麥爾（不安狀）　這是什麼意思！

貝立克　現在有許多的流言，說有人大批的收買城外的地產。其實，這宗買賣是我作的——我一個人作的，與別人毫無相干。（聽衆中有咕嚕之聲：「他說什麼？——他？——貝立克說什麼？」）現在這些地產都屬於我了。自然，我把這一切都告訴過我的共同工作者，魯麥爾先生，維格蘭先生與薩德斯坦先生，而且我們大家都同意——

魯麥爾　胡說八道！拿出證據來——拿出證據來！

維格蘭　我們什麼事也沒有商量過！

薩德斯坦　是的，我必須說——

貝立克　事情完全是眞的——我們也的確商量過，不過我以下行將宣佈的事情，我們大家還沒有來得及商量。但是，我誠懇地希望這三位先生會同意我，同意我在今晚向你們宣佈：這些地產的經營，可以採取公開集股的辦法；凡願意的人都可參加。

衆人的聲音　好極了！向貝立克三歡呼萬歲！

魯麥爾（低聲，向貝立克）　這是最下賤的背叛！

薩德斯坦（也是低聲）　你就這樣的愚弄我們！

維格蘭　眞是見鬼！——唉，我說的什麼呢！（外面有歡呼之聲。）

貝立克　靜些，靜些，紳士們！我沒有權利接受你們這樣的歡呼；因爲我剛纔的決定並不是表示我原來的意思。我的原意是想使整個事情歸我獨辦；就是在現在，我仍然覺得這些地產之最有利的經營，還是以在一個人的掌握之中爲宜。但是，你們有自由選擇之權。如果你們願意我獨辦，我一定盡我的一切力量來把牠辦的很好。

衆人的聲音　對，對，對呀！

貝立克　但是首先，我的市民同胞必須澈底的了解我。我並且希望每個人也應該澈底的了解他自己；讓今天晚上眞正成爲新時代的起點吧。舊時代連同牠的裝腔作勢，牠的僞善，牠的空虛，牠的假道德，以及牠的畏懼輿論的心理——所有這些之對於我們，將是一個古物陳列所，牠只是爲着教育的意義纔開設着的，對於這個陳列所，我們應該把那副咖啡用具，那個酒杯，那個貼相簿和那本印刷美麗裝釘精緻的書籍，都送進去，紳士們，你們說這難道不應該嗎？

魯麥爾　啊，自然。

維格蘭（喃喃抱怨）　你既然得到了一切東西，那末——

薩德斯坦　一定的。

貝立克　至於現在，現在我要向大家承認那最主要的一點了。羅魯德先生剛纔說某些惡劣的分子已在今晚離開此地了。我還要告訴你們一些你們所不知道的事情。那個人並不是獨自離開此地的；同她一道走的，還有——

諾娜（高聲大叫）　狄娜・朵爾夫！

羅魯德　什麼？

貝立克夫人　什麼？（大迷惑）

羅魯德　逃走了嗎？同他一道逃了嗎？不會的！

貝立克　羅魯德先生，並且還去作他的妻子。此外我還要說的，（低聲向他的妻子：）碧蒂，振作起來，不要被我以下的話嚇倒。（高聲。）我所要說的就是：大家要向那人脫帽致敬，因爲他很高貴的代替別人負罪。朋友們，我現在要拋掉一切的虛僞；牠幾乎毒害了我的生存的每一根纖維。我要把什麼事都告訴你們。十五年以前，我就是那個犯罪的人。

貝立克夫人（溫柔地和戰慄地）嘉斯登！

瑪莎（同樣）呀，約瀚！

諾娜　現在你的良心到底發現了！

（聽衆之中，現出無言的驚惶。）

貝立克　是的，朋友們，我就是那個犯罪的人，而他則於那時到美國去了。後來所傳佈的惡毒的謠言，現在已經非人力所能否認了；但是我沒有權力來抱怨那事。因爲十五年來，我之爬上成功的捷徑，實在完全得力於那些謠言。而現在牠們是否再來推倒我，這是你們之中的每一個人要在自己的心中決定的。

羅魯德　眞是晴天霹靂！我們的領袖市民——（低聲向碧蒂。）貝立克夫人，我眞爲你悲傷啊！

希爾馬　這樣的懺悔！好吧，我必須說——

貝立克　但是你們還不要在今天晚上就作決定。我懇求你們大家回家去仔細的想一想——去問一問各自的良心．當你們再能平心靜氣的思想時，那你們就可以知道我這次的自白究竟是有所得抑或是有所失了．再會吧，朋友們！我還有許多——有許多懊悔不迭的事情；但是那只關係到我個人的良心．夜安，朋友們！把這一切娛樂的物件都拿去吧．我們一定都覺得牠們放在此地是非常不適宜的．

羅魯德　牠們當然是不適宜的．（低聲向貝立克夫人．）逃走掉！這樣她是完全不配我愛的．（高聲，向委員會．）好吧，紳士們，我想我們還是快點安靜的分散吧．

希爾馬　這樣一來，以後誰能高舉理想的旗幟呢——唉！

（這時羣衆之間，相互傳說着這件新聞．逐漸的羣衆從花園裏分散．魯麥爾，隨德斯坦和維格蘭走了出去，熱烈的辯論着，但是聲音很低．希爾馬從右門溜出去．當紛擾過後平靜恢復之時，剩下在房裏的人就只貝立克，貝立克夫人，瑪莎，諾娜與克拉普．）

貝立克　碧蒂，你能原諒我嗎？

貝立克夫人（看着他，嫣然一笑）　你知道嗎，嘉斯登，這樣一來你為我開闢了一個我已想望了許多年的最快樂的前途？

貝立克　怎樣？

貝立克夫人　因爲許多年以來，我總覺得你曾經是我的，但我後來失掉你了。現在我纔知道，你從來就不是我的；但是現在我可得着你了。

貝立克（把她抱在懷裏）　哦，碧蒂，你已經得着我了。這是經過諾娜，我纔第一次學得眞正的來了解你。現在，讓阿拉福來見我吧。

貝立克夫人　好，你馬上就可以見着他了。克拉普先生！——（在後景中向克拉普細聲說話。他從花園的門走出去。在以下的對話之際，各家各戶的燈彩逐漸的熄滅了。）

貝立克（低聲）　謝謝你，諾娜，你爲着我——你已經把我的最好的性質，從墮落的深淵拯救出來了。

諾娜　你以爲我還有別的事可作嗎？

貝立克　是的，但你過去是否一定如此呢？我還不能完全了解。

諾娜　唉——

貝立克　這樣說，你不是爲了仇恨？不是爲了復仇了？那末你又爲什麼回來呢？

諾娜　爲着老的友誼。

貝立克　諾娜！

諾娜　當約漢把那件謊言告訴我時，我自誓要使我少年時代的英雄重新改過作人。

貝立克　我是多麼可鄙的人！我又怎能當得起你的厚望呢！

諾娜　啊，嘉斯登，如果我們婦人常常尋找我們所應得的東西——（奥納帶着阿拉福從花園進來。）

貝立克（走去迎接他們）　阿拉福！

阿拉福　父親，我答應你，我以後永遠不再這樣作了——

貝立克　永遠不再逃嗎？

阿拉福　是，是，我這樣答應你，父親。

貝立克　而我也這樣答應你，你以後再也不會有出逃的理由了。我希望你將來長大了，並不是我的工作的繼承者，而是一個有你自己工作前途的人。

阿拉福　我長大了，你允許我自由作人嗎？

貝立克　是的。

阿拉福　啊，謝謝你。那末我就不願作一個社會的棟樑。

貝立克　不願？爲什麼不願？

阿拉福　我覺得那一定沒有趣味。

貝立克　好，你將來還是自由作人吧，阿拉福；一切的人都要自由作人。——而你，奧納

——

奧納　我！貝立克先生，我知道我是被你開除了。

貝立克　我們還是繼續一道工作，奧納；並且請你原諒我——

奧納　什麼？你知道船今天晚上並沒有開航。

貝立克　明天也不要開啦。我給你的期限太短了。還要好好的檢驗一番纔行。

奧納　那很應該，貝立克先生——並且還要用新機器！

貝立克　自然——但須澈底地和正當地應用。在我們之中，奧納，有許多人是需要澈底的和眞正的修理一番纔行。好吧，夜安。

奧納　夜安，先生——謝謝你，十分謝謝你。（走出。）

貝立克夫人　現在他們都走了。

貝立克　就只剩下我們在這裏了。我的名字再不會用什麼火光來照耀了；各家窗戶的燈彩都已熄滅了。

諾娜　你還願意牠們再燃起來嗎？

貝立克　決不決不。我打什麼地方來的呢！如果你們知道的話，你們會嚇住了。我現在好像是中了毒，纔恢復我正常的感覺似的。但是我覺得——我能再年青和健全起來。啊，走近些——走近來圍繞着我。來，碧蒂！來，阿拉福，我的孩子！你也來，瑪莎——好像許多年來，我從沒有見過你似的。

諾娜　沒有，我能相信這一點。你們的社會是男子的社會；你們是看不見婦人的。

貝立克　一點也不錯；而且正因爲這種原因——諾娜，你一定要答應我——你無論如何不要離開碧蒂和我。

貝立克夫人　諾娜，你無論如何不要離開我們。

諾娜　當然不，我怎能忍心拋棄你們這對剛纔建立家庭的青年夫婦呢？我不是你們的養母嗎？你和我，瑪莎，我們兩個老姑母——你在看什麼？

瑪莎　我看天空正在雲散霧開，而海上又是多麼樣的明亮呢。「棕樹」號的前途是幸運的。

諾娜　牠帶着牠的幸運在船上。

貝立克　而我們——我們前面還有長期努力工作的日子；尤其是我。讓這日子快來吧；只要你們這些眞誠的忠實的婦人們常常圍繞着我。在這幾天以內我又學得了一件

事；你們婦女纔是社會的棟樑，

諾娜　那末，妹夫，你所學得的智慧是太不行了．（把她的手沈重地擺在他的肩上．）不是的，我的朋友；眞理的精神和自由的精神——牠們纔是社會的棟樑．

中華民國二十七年四月初版

（83846）

世界文學名著 社會棟樑 一冊

Pillars of Society

每冊實價國幣柒角

外埠酌加運費匯費

原著者 Henrik Ibsen

譯述者 孫煦

發行人 王雲五 長沙南正路

印刷所 商務印書館 長沙南正路

發行所 商務印書館 各埠

E三六八九 周

（本書校對者殷彥常）